八又ナガト
Illustration もきゅ
JN230318
ゲーム世界のモブ悪役に転生したので
ラスボスを目指してみた
〜なぜか歴代最高の名君と崇められているんですが、誰か理由を教えてください！〜

CHARACTERS
ソフィア・フォン・ソルスティア
ソルスティア王国の第一王女。
マリー
レンフォード家に雇われている
クラウスの専属メイド。
クラウス・レンフォード
ゲームのモブ悪役貴族に転生した少年。

クロエ・ローズミスト
王立学園にスカウトされ、
地方から王都に出てきた少女。
アリアンナ
クロエと同じ孤児院で育った少女。
エレノア・コバルトリーフ
王国騎士団長の娘。

「あれはまさか……
クラウスくんか？」
「クラウスさん……
いいえ、クラウス様」
「さすがは私の
ご主人様です」

（一体どうして
こうなったああああああ!?）

「ここが有名な
『癒やしの浴場』なのですね」

CONTENTS

ゲーム世界のモブ悪役に転生したので
ラスボスを目指してみた

〜なぜか歴代最高の名君と崇められているんですが、誰か理由を教えてください！〜

八又ナガト

GA文庫

カバー・口絵・本文イラスト
もきゅ

プロローグ　悪のカリスマになろう！

恋愛アクションRPG『アルテナ・ファンタジア』。

ソルスティア王国の王立学園を舞台とし、魔王討伐を目指す主人公とヒロインたちを中心に繰り広げられる王道物語である。

練り込まれた世界設定に、魅力的なキャラクターの数々。さらに恋愛ゲームでありながら徹底的に作り込まれた戦闘システムによって、かなりの評価を得た名作だ。

ただし一つだけ、多くのプレイヤーが不満を抱いた点がある。

それはずばり、ラスボスの魅力が欠けていることだ。

かねてからの目標であった魔王を討伐した後、真の黒幕として公爵ルシエル・フォン・セントラルが現れるのだが、これが問題だった。

ルシエルは作中にほとんど姿を現さず、彼がラスボスだという伏線もほとんどない。プレイヤーにとっては最後に突然現れて一瞬で倒されてしまう、単なるやられ役にしか見えないのだ。

その残念さといったら、魔王討伐までの盛り上がりや、各ルートの感動シーンで流した涙が引っ込んでしまう者も出てくるほどである。

何でも後々発売された公式ファンブックによると、ルシエル周りの設定はかなり用意していたが、開発期間の関係上泣く泣く省略したとあったが……

『いや、そこは一番省いちゃダメだろ！』

『というかそうするくらいならいっそのこと、ルシエルの存在自体を排除して魔王をラスボスにした方がよかったのに！』

そんな感想がネット上に溢れかえったくらいだ。

と、ここまで色々と語ってしまったが、そうしたのにはもちろん理由がある。

というのも、なんと俺は『アルテナ・ファンタジア』におけるラスボス、ルシエル・フォン・セントラル――

――の配下であり、エピローグのたった一文で『ルシエルの配下である○○たちは全員処刑されました』とだけ説明されるモブ悪役、クラウス・レンフォードに転生してしまったからだ。

……えっ？　そこは普通、ルシエルか魔王、もしくは主人公に転生するもんなんじゃないかって？

そんなの俺が一番思ったよ！

実際、クラウスの名前を聞いてから存在を思い出すまでに数日かかったくらいだし！

とはいえ、今さらどうしようもないことに思考を割いていられる余裕はない。

重要なのは、このままだと俺に待っているのは処刑という最悪の末路のみだということ。

さて、ここから俺はどう動いたものか――

「さて、どうしたものか……」

執務室で俺がそう呟くと、近くに控える執事のオリヴァーが反応する。

「クラウス様、いかがなされましたか？」

「いや、何でもない。少し一人で考えたいから席を外してくれ」

「かしこまりました」

ゲーム世界のモブ悪役に転生してしまったから、これからどう行動しようか悩んでいる。

なんて正直に口に出そうものなら、頭のおかしい奴だと思われるに違いない。

よって俺は執事を追い出した後、一人でうんうんと唸りながら悩んでいた。

こういった場合、多くのＷｅｂ小説なんかでは処刑される運命から逃れるために行動するというのがよくある展開だろう。

しかし俺としては、この転生は人生終了後に与えられたボーナスステージのように感じており、物語の展開で死を迎えるのなら、それはそれで仕方がないという思いの方が強かった。

とはいえ、死に方にはこだわりたいところ。前世の社畜時代のように、重労働によって過労死するなどといった意味のない死だけは避けたい。

「けど死に方にこだわるって、いったいどうすればいいんだ?」

当然これまで死に方について考えたこともなかった俺は袋小路に入ってしまう。

少し考え方を切り替える必要がありそうだ。

と、ここで俺は重要なことを思い出した。

「そうだ! ここがゲームの世界なら、俺も魔術とかを使えるってことだよな?」

朧(おぼろ)げではあるが、俺の中にはクラウスの記憶が存在する。

その記憶によるとクラウスは剣も魔術も大した実力がないみたいだが、そんなことは俺にとって些細(ささい)な問題。

前世では不可能だった奇跡を扱えるだけでテンションが上がるというものだ。

「よし、そうと決まればさっそく――」

考えが煮詰まっていたのもあり、さっそく修練場に移動した俺は、まず剣を手に取った。

そして『アルテナ・ファンタジア』に登場する、ある剣士キャラクターの姿を思い浮かべながら、ゆっくりと剣を振り上げていく。

「はぁっ！」

最初の一振りは、予想通りというべきか、かなり弱々しい太刀筋になってしまった。

「まあ、これまで剣を振るったことなんてないんだから当然か」

しかし、変化が現れたのはここからだった。

二振り目、三振り目と続けるたびに、少しずつフォームが洗練されていく。人並みの剣士になれたとまでは言えないが、既に記憶の中にあるクラウスを超えている気さえした。

「なんで、こんなスピードで成長できるんだ……？　……と、とにかく次は魔術だ！」

俺は動揺を隠しきれないまま、続けて魔術にも挑戦することにした。

クラウスの記憶からは魔力操作の感覚を、前世のゲーム知識からは魔術の発動率・火力を上げるためのコツについて思い出しつつ、術式を練り上げていく。

確かな手応（てごた）えを感じる。もしかしたら、一発目から魔術を発動できるかもしれない。

そう期待していた俺は次の瞬間、言葉に表せないほどの衝撃を受けることとなった。

「【ファイアボール】！」

予想以上に巨大な火球が放たれ、修練場に設置されていた的を燃やし尽くす。

「……【ライトニング】！」

まるで雷神の如（ごと）き稲妻が走り、壁を焦（こ）がす。

「………【アイスストーム】！」

部屋の温度が一気に下がり、床が凍りつく。

「…………」

その結果を見て、俺は啞然とした。

これらの魔術は、クラウスの記憶にある以上の威力を誇っていたからだ。

「な、なんだこれは……さっきの剣といい、クラウスってこんなに強かったのか？」

剣や魔術も、俺の想定をはるかに上回る実力ぶり。

というか、そもそも転生前のクラウスとは比べ物にならなかった。

なぜ、こんなことが起こりうるのか――

「――っ、そうか！」

そこで俺は気付いた。

まず大前提として、クラウスは元々このような才能を秘めていたのだ。

ただ、自分を正しい方向に導いてくれる師に恵まれず、さらに修行や勉強をサボっていたことで才能を腐らせてしまっていた。

どれだけスペックの高いハードウェアであろうと、ソフトウェアが貧弱であれば何の意味もない。その点、今回は俺の中にあるゲーム知識――剣や魔術を扱ううえで理想の動きや知識を利用したことにより、クラウスの才能を十全に発揮できたのだろう。

「いずれにせよ、クラウスは正しい努力さえすれば、こんな短時間で成長できるほどの才能の持ち主だったってわけだ……」

それこそ、ゲームに登場した主人公すら上回るほどに。

「主人公を超える才能の持ち主ときたか。捉えようによっては、それってまるで――」

そこでふと、俺は修練場の入口に置かれていた姿鏡に視線をやる。

そこには灰色の髪が特徴的な、整った顔立ちの少年が映っていた。

（これがクラウス・レンフォードか……ゲームに登場していたら絶対に人気が出てたであろう美形なのに、勿体ないなあ）

思わずそんな感想を抱いてしまう。

（しかもどこか陰のある雰囲気といい、これならルシエル以上にラスボスとしてふさわしい見た目な気がするな。剣や魔術の才能といい、もしかしたらクラウスには本来、敵キャラとして活躍する役目があったのかもしれな――ッ！）

「――そうだ！　その手があったぞ！」

そこで俺は天才的な発想にたどり着き、咄嗟に立ち上がる。

先ほど棚上げしておいた、ふさわしい死に方についての答えが出たのだ。

そしてそれは、ある意味で前世の無念を晴らすことにも繋がるはず。

ラスボスにふさわしい美形と才能を持ったクラウスにとって、もっともふさわしい死に方など一つしか存在しない。

そう、それはつまり――

「俺がこの世界のラスボスになり、主人公たちの前に立ちはだかるんだ！」

――そう。ラスボスの魅力不足こそ『アルテナ・ファンタジア』唯一の不満点。

だが、俺がラスボスの座をルシエルから奪えば、その問題を解決できるかもしれないのだ。

そして、もしこの野望が現実になれば、俺が心から見たかった最高のクライマックスを迎えられるはず！

「よし！　そうと決まればさっそく、ラスボスにふさわしい存在――そう、悪のカリスマを目指さなければ！」

ありがたいことに、今の俺は貴族であり権力を行使する側。

悪行を為すための条件もバッチリ揃っている！　最高の状況だ！

俺は拳を天井に突き上げ、力強く叫ぶ。

「ラスボスへの道もまず一歩から！　悪行を積み重ね、俺は悪のカリスマになってみせる！」

第一話　専属シェフを牢屋にぶち込もう！

――さて、悪のカリスマを目指すと決意したのはいいが、その前に改めて今の自分が置かれた状況を整理するとしよう。

俺（おれ）はクラウス・レンフォード、15歳。

中小規模の領土を治める、レンフォード子爵家の当主だ。

そう、気付いただろうか。

驚くことにクラウスはまだ少年に分類される年齢でありながら、れっきとした領主なのだ。

何でも半年ほど前に両親が魔物に襲われて亡くなった結果、玉突きのように長男であるクラウスが当主の座に就く羽目になったという。

「モブキャラとは思えないほど凄惨（せいさん）な生い立ちだけど……クラウスの性格を考えたら、とてもじゃないけど同情してやる気持ちにはなれないんだよな」

というのも、元々両親の時代からレンフォード子爵家は評判がよくなかった。

悪徳貴族らしい貴族と言うべきか、平民を見下し、彼らが貧しい生活を送るなか、自分たちの贅沢（ぜいたく）な暮らしを維持するので精いっぱい。

そんな両親によって育てられたクラウスもまた、同じような性格に育ってしまっていた。

う〜ん、まさにラスボスに付き従うモブ貴族にふさわしい小物っぷり。

剣や魔術の才能があるにせよ、コイツを悪のカリスマにするのはさぞ大変に違いない。

「まっ、下手な聖人君子なんかに転生させられるよりはよっぽどマシだったか」

既に悪評が広まっているのなら、それを利用することもできそうだしな。

ラスボスになるためなら、俺は手段を選ばないぞ！

そんな風に考えていると、執務室のドアがノックされる。

恐らく執事のオリヴァーだろう。

「入れ」

「失礼いたします、クラウス様。お食事の時間です」

「分かった、すぐに行く」

俺は席を立つと、食堂へ向かった。

クラウスは贅沢品を好むため、食卓にはいつも豪華で美味しい料理が並ぶ。

こちらの世界に転生してからまだ数日程度しか経っていないが、食事は数少ない楽しみの一つになっていた。

「クラウス様、こちらが本日のメニューとなります」

子爵家お抱えの専属シェフが、テーブルに幾つもの豪勢な料理を置いていく。

レンフォード家は恵まれた土地ではないというのに、この贅沢具合。

うんうん、なかなかやるじゃないか！

「……ん？」

しかしここで俺は気付いた。置かれた料理の中に見慣れない一品があることを。

俺はその料理を指さし、シェフに尋ねる。

「これは何だ？」

「レッドドラゴンのレバーでございます」

レッドドラゴンのレバー……だと⁉

その料理名を聞き、思わず頭がクラクラして倒れそうになる。

基本的に苦手な食材がない俺だが、前世の時からレバーだけは例外だった。

あのレバー特有の生臭さがどうしても耐えられないのだ。

社畜時代、接待相手にレバー料理の名店に連れていかれて無理やり食べさせられたという最悪の思い出も相まって、さらに苦手意識は増しているくらいだ。

品行方正に育った前世の俺ならば、目の前に出された料理は全て頂かなければならないという教えのもと、このレバーも無理して食べきっただろう。

しかし今の俺は貴族であり、さらには悪のカリスマを目指す存在。

誰に配慮するでもなく思うがままに生きることこそ、悪の花道だ！

俺はドンッと力強くテーブルを叩くと、その場に立ち上がった。

「い、いかがされましたか、クラウス様？」

「いらん、このような粗末な品を俺の前に出すなど恥を知れ」

そう伝えると、シェフは顔を青くして狼狽えだした。

「そ、そんな！　こちらは貴族間にのみ伝わる珍味であるため一度食してみたいと、クラウス様自ら求められた品なのですよ⁉　町の商人にお願いし、ようやく手に入れた逸品でして――」

あれ？　そんなこと言ったっけ？　思い当たる節がないんだが……

1つの体に二人分の記憶があるせいか、たまにこんな風に、クラウスの記憶が朧げになって思い出せないことがある。

まあいずれにせよ、シェフが言っているのは俺が前世の記憶を取り戻す前の話。それは過去のクラウスが言ったことであり、俺からの指示ではないため何も問題ない！（暴論）

俺はため息を一つ吐いた後、後ろに控えるオリヴァーに指示を出す。

「はあ、口答えするとは救いがない。おい執事よ、コイツと仕入れに関わった者を全員、1週間牢屋に入れろ」

「そんな⁉　お考え直しください、クラウス様！」

そう懇願するシェフを無視していると、オリヴァーが苦い顔をしながら口を開く。

「クラウス様、それはあまりにも横暴な振る舞いかと……彼のどの行動がお気に触ったのかは分かりませんが、どうかお考え直しください。クラウス様を害する意図はなかったはずです」

オリヴァーは執事兼、俺の教育係でもあるため、窘めるようにそう言ってくる。

しかし俺は迷わず首を横に振った。

「当然だ。俺を害する意図がある者がいたとして、この程度の罰で済ませるはずがない。俺に逆らえばどうなるか、徹底的に思い知らせてやるに決まっているだろう」

「しかし……」

「これは要請ではなく命令だ。お前は黙って俺に従え」

「……かしこまりました」

納得いってない様子で渋々と引き下がるオリヴァーを見て、俺は小さく笑った。

うんうん、今のはなかなか悪役っぽかったんじゃないか？

そう満足しながら、俺は背中を向け食堂を後にする。

背中に敵意の視線がバシバシと突き刺さるが、それも今は不思議と心地よい。

ぐぅぅぅ～～～

しかし廊下を歩いていると、いきなり腹が鳴ってしまう。

「むっ、つい何も食べないまま出てきてしまったが、せめてパンだけでも持ってくるべきだったか……」

まあいい、この満足感があれば一食くらい抜いても何も問題ない。

俺は「はーはっはっは！」と盛大に高笑いしながら、スキップで執務室へ戻るのだった。

クラウスが去った後の食堂には、地獄のような空気が流れていた。

その場に膝をついて項垂れるシェフと、遠くから彼を気の毒そうに眺めるメイドたち。

そんな中で、執事のオリヴァーは「はあ」とため息を吐いた。

（以前から横柄な態度を見せることはありましたが、今回はいつもに増して随分とおひどい。ここまでの理不尽を強いる方ではなかったと思うのですが……）

それとも領主の立場に慣れてきたことで、何をしてもいいと考えるようになってしまったのだろうか。もしそうなら、これ以上に悲しいことはない。

オリヴァーがそう悲観しつつ、今回の仕入れに関わった者たちを食堂に呼ぶ。

すると彼らは事情を聞き、シェフと同じように頭を抱えていた。

「そんな……せっかく当主様の要望に従って、何とかレッドドラゴンの食材に伝手があるという商人を見つけたというのに……」

彼らの不満はもっともだが、当主の命令である以上どうしようもない。

しかしオリヴァーはここまでの話を聞いて、どこか違和感のようなものを覚えていた。

(そういえばレッドドラゴンのレバーと言うと、鮮度がかなり重要とされる食材。しかしここ最近、近辺でレッドドラゴンが討伐されたという話は聞いた覚えがない……では、このレバーはいったいどこから仕入れたのでしょうか?)

一度でも違和感を覚えてしまうと、他の部分にも疑問が生じる。

(思い返してみれば先ほど、クラウス様は苦言を呈する私に対して『俺を害する意図がある者がいたとして、この程度の罰で済ませるはずがない』と仰っていた。捉えようによっては、彼ら以外に誰かクラウス様を害しようとする者がいるようにも聞き取れるが……まさか!)

ある結論に至ったオリヴァーは、バッと顔を上げレッドドラゴンのレバーを見る。

「失礼します」

そしてその一部を小さくカットし、口に含む。

直後、

「これは――ッ!」

オリヴァーはクラウスの意図を理解し、大きく目を見開くのだった。

レバー騒動から1週間が経過したある日。

俺はというと、あの日の出来事には及ばないながらも、毎日一つずつ悪事を働きながら楽しく過ごしていた。

「うんうん、順調順調！　悪のカリスマポイントも着実に溜まってきているはずだ！」

執務室でそう呟いていると、ノックの音が飛び込んでくる。

入室の許可を出すと、オリヴァーが中に入ってきた。

「用件は？」

「先日のレッドドラゴンのレバーに関する件についてです」

「ふむ」

そういえば、あの騒動の関係者を1週間だけ牢屋に入れるよう指示していたな。

おおかた、彼らを釈放するとかその辺りを伝えに来たんだろう。

これからアイツらが俺の悪行っぷりを同僚に伝えてくれれば、それだけ俺の悪評も広がる。

うんうん、いいことずくめだ！

そんな風に満足していると、なぜか突然オリヴァーがその場で頭を下げた。

「どうしたんだ？」

「このオリヴァー、自らの浅慮を恥じております。クラウス様は初めから、全てをお見通しだったのですね」

「……ん？　何のことだ？」

「もちろん、レッドドラゴン──いいえ、ハングリーバードのレバーについてです」

ちょっと何を言ってるのか分からないんだけど。

困惑する俺をよそに、オリヴァーは興奮した様子で続ける。

「クラウス様も既にご存じのように、先日のレバーはレッドドラゴンのものではなくハングリーバードのものだったと判明しました。幻術の魔道具によってレバーの見た目を変えられた結果、仕入れ担当が気付かずに購入。その後、シェフに至るまで誰も見抜くことができずクラウス様に提供されてしまったというのが一連の流れとなります……あの一瞬でこの全てを見抜いていたとは、さすがでございます」

いや、俺の知ってる情報が一つとしてないんだけど!?

「なお今回の元凶であった商人も既に捕らえており、彼の証言によるとレッドドラゴンのレバーを求めているのがクラウス様であると知り『何も考えず値段の高いものだけを求める、味の良し悪しも分からない領主ならバレないに違いない』と考え、今回の行動に至ったようです」

え、何それ不敬。

死刑にしなきゃ……

「なお商人に対する処分も既に決定しております。本来なら処刑に値する行いですが、クラウス様が仰っていた『俺に逆らえばどうなるか、徹底的に思い知らせてやるに決まっている』という発言の意図を私なりに解釈し、懲役半年に加え財産の大部分を没収、さらには釈放後もしばらくレンフォード家のために無償で働かせ続けるという、商人にとっては拷問に等しい、ある意味では処刑以上の処分となりました」

なんで俺に相談もなく決めてるんだろう？

「それから、クラウス様にお渡ししたいものがこちらとなります」

そう言いながら、オリヴァーは数枚の手紙を渡してくる。

「これは？」

「釈放されたシェフたちからの、感謝の手紙となります。『自分たちも騙された立場とはいえ、当主様に不出来な品を出すなど通常ならば死刑になっていてもおかしくないほどの失態。にもかかわらず、たった1週間の懲役に留めてくださるなど、感謝の言葉もございません』とのことです」

なんか気分で牢屋に入れた相手から感謝されてるんですけど⁉

「さて、次に申し上げることが最後となりますが……」

情報量の多さに疲れ切って思考もままならない俺に向かって、オリヴァーは言う。

「直近でレッドドラゴンが討伐されていないという情報を把握しておくことに加え、幻術がかかっているにもかかわらず偽物であることを一目で見抜くその鑑識眼。さらには部下に思いやりのある寛大な対処をするという懐（ふところ）の深さが、館内外（やかたないがい）問わずに広まり、領民からの支持が爆上がりしております」

「…………」

「私オリヴァーも、クラウス様に仕えられることを心より嬉（うれ）しく思います。では、お伝えしたいことは以上となりますので失礼いたします」

バタンという扉が閉まる音とともに去っていくオリヴァー。

対して、執務室に一人で残された俺はというと——

「何でこうなったぁぁぁあああ！」

頭を抱えながら、全力でそう叫ぶのだった。

第二話　子どもに魔術をぶつけよう！

俺(おれ)がクラウスに転生してから、早くも2週間が経過した。

これまで悪のカリスマを目指して努力を積み重ねていた俺だが、さっそく暗雲が立ち込めている。

「俺の悪評を広めるためにシェフを牢屋(ろうや)に入れたはずが、まさか逆に領民からの支持が上がってしまうとは……なんて不運なんだ！」

このままではラスボスという俺の最終目標にたどり着くことはできない。

何としてでも、この流れを変えなくては！

そこで俺は考えた。

的確に悪事を働くためには、まず俺が治めているレンフォード領がどういう状態なのか確かめる必要がある。クラウスの記憶や、この2週間の執務経験からある程度は把握できているとは思うが……こういうのはやっぱり実地調査が重要だからな！

「よし、そうと決まればさっそく準備だ」

査察の際には身分を隠しておいた方がいいだろう。

俺は領主だとバレないようにフード付きマントと、護身用の剣を装備した。

鏡で今の自分の姿を見る。

「うんうん、剣を装備したら一気にファンタジー感が出てきたな！」

実に気分がいい。改めて、自分がゲームの世界に転生してきたことを実感する。

初日以降、剣や魔術の特訓もちゃんと続けているし、町で何かが起きても問題なく対処できるだろう。

準備を終えた俺は、意気揚々と館(やかた)を後にするのだった。


町に出てみると、さっそく喧騒(けんそう)が耳に飛び込んできた。

商業区には様々な店が立ち並び、人々が買い物をしている。

至極、一般的な市場の光景だ。

ただし、王都の城下町のような盛り上がりと比較すれば、活気はかなり控えめだ。

娯楽を楽しめるような店もなく、ただ生活に必要な物だけが売買されている。

きっと彼らは、ただ毎日を生き抜くだけで精いっぱいなのだろう。

「これが領地の現状か……」

俺は感慨深くそう呟(つぶや)いた。

それに領都ですらこの様子であることを考えれば、地域によってはより悲惨なことになっている可能性は高い。

日々の生活すらままならず、為政者──すなわち領主である俺に対して強い恨みを持っている者も数多くいるはずだ。

そこまでを考え、俺は満足げに大きく頷いた。

「うんうん、良い傾向だ！　やっぱり悪のカリスマたるもの、人々から恨まれてこそだよな！」

オリヴァーから俺の支持が上がっていると聞いたときはどうしたもんかと思ったが、きっとアレはかなり誇張した発言だったんだろう。

今後も着実に悪事を積み重ねていけば、問題なく評価を落とすことができるはずだ！

よし、見るべきものは十分に見ることができた。

そう満足して帰ろうとした、次の瞬間だった。

「待て、クソガキ！　うちの商品を盗んでんじゃねぇ！」

声のした方向を見ると、幾つかの果物を持って走る小汚い少年と、その少年を追う商人らしき裕福な格好をした男性がいた。どうやら盗みがあったようだ。

多くの者から注目を浴びるなか、男性はなんとか少年を捕まえると、強引に果物を取り返した。

「はあ、はあ、ようやく捕まえたぞクソガキが！」

「ううっ……」

捕まった少年は、目に涙を溜めながら男性に縋りつく。

「ど、どうかお許しください。その食料がないと、町の外れに住む僕の妹たちの食べるものが……」

「はあ⁉　ナメやがって、これにどれだけ値が付くか分かってんのか⁉　てめぇが1か月稼いでも買えないような領主様ご用達の果実なんだよ！　ただ腹を満たしてぇだけなら、その辺の雑草でも食いやがれ！」

そう叫びながら、商人は少年を蹴り飛ばした。

その様子を見ていた周囲の人々が、ざわざわとし始める。

「貧民街に暮らす子どもの泥棒かしら？　何だか最近、数が多いわね」

「警備兵は何をやってるんだ、ちゃんと取り締まってくれなくちゃ困るぞ」

「だけど家族の食べ物が足りないだなんて、可哀そうなのは確かよね。何もあんな暴力まで振るわなくても……」

「商人なら生活にも困ってないだろ！　少しぐらい恵んでやれよ！」

盗人を嫌悪する者がいる反面、少年の境遇に同情する声もある。

割合としては後者の方が大きく、暴力を振るった男性に懐疑的な視線を向ける者が多かった。

しかしこれはどちらかというと、金持ちの商人に不満をぶつけてやりたいという意図の方が強く見える。

やはり日々の生活の鬱憤が溜まっているのだろう。

「……仕方ないか」

俺は一つため息を吐くと、フードを取って二人のもとに近づいていく。

そんな俺を見て、周囲が再び騒ぎ始めた。

「あれって、もしかして領主様⁉　何でこんな場所にいるんだ⁉」

「子どもに近づいているけど、何をするつもりなのかしら？」

「以前までと違い、最近は寛容になったって話だが……もしかして領主様自ら、子どもに救いの手を差し伸べようと……⁉」

彼らの言葉を聞き流しながら、少年の前で立ち止まる。

「領主様……」

少年は縋るような視線で俺を見上げていた。

そんな中、俺はゆっくりと自問自答する。

さて、ここで仮に俺が聖人君子だったなら、この少年を叱って反省させたうえで、今後生き延びる術を教えてやるのだろう。

それが領地を治める領主としての役割に違いないし、領民からの支持も上がるはずだ。

そこまで考えた後、俺は邪悪な笑みを浮かべた。

だけど違う。違うのだ！

今の俺が目指しているのは聖人君子ではなく悪のカリスマ！　貧しい子どもではなく、俺のために高級な果実を持ってくる商人を守る方がふさわしい行いだ！

せっかく俺の評価を下げる絶好の機会。この機を逃すわけにはいかない！

俺は衆人環視の中、少年に手を伸ばした。

「りょ、領主様……！」

少年は何を勘違いしたのか、歓喜に満ちた表情でその手を掴(つか)もうとする。

しかし手と手が触れる直前、俺は告げた。


「何を勘違いしている？　お前みたいな存在は、俺の領地に不要だ」

「……えっ？」

「【風の監獄(ウィンド・プリズン)】」

「えっ？　ま、待って、俺――じゃなくて僕を許し、ってうわぁあああああああああ！」


そう唱えた直後、少年を中心に高さ5メートルほどの風の監獄が出現する。

監獄の中は常に暴風が吹き荒れており、少年はその中で上下左右に振り回されていた。

まあ殺傷力はない魔術だから、死ぬことはないだろう。

さすがに子どもを殺めるのは気分がよくないしな。

「きゃあっ！」

「嘘だろ⁉　子ども相手にあんな魔術を使うなんて！」

「確かに盗みはよくないけれど、こんなのあんまりじゃ……」

その光景を見た平民たちが同時に悲鳴を上げる。

「何か文句があるのか？」

俺が周囲に鋭い視線を向けると、彼らは瞬時に口をつぐんだ。

その目に恐怖の色が浮かんでいるのを見て、俺は満足しながら続ける。

「俺が治める領地でこのような行いは絶対に許さない。貴様らもそのことを努々忘れずにいることだな」

くうぅ～、決まった！

子ども相手に容赦をせず、さらに罰を与える光景を領民の脅しに使うという悪行っぷり。

これはさすがにカリスマポイントが100くらい溜まったんじゃないか？

真剣な表情を浮かべながら内心で喜んでいると、幾つかの足音が駆け寄ってくる。

「おい、これはいったい何の騒ぎだ！　……って、領主様⁉」

足音の正体は町の警備兵だった。彼らは俺の姿を見て驚きを露わにする。

　ナイスタイミングだと思いながら、俺は彼らに指示を出す。

「その牢獄に罪人を閉じ込めてある。あと5分もすれば解除されるはずだ、その後の処理は貴様らに任せる」

「ど、どういうことですか？」

「分からないことがあればその辺りの野次馬にでも聞け。ではな」

　そう言い残し、俺はその場を後にする。

　今回はさすがに俺の評判もかなり落ちることだろう。

　俺は「はーはっはっは！」と盛大に高笑いしながら、スキップで館へ戻るのだった。

　クラウスが館へ戻った後。

　観衆たちは未だ（いま）に収まらない風の監獄を見上げながら、それぞれの思いを口にしていく。

　その多くが領主に対する非難の声だった。

　少年に対する罰は罪に見合ったものではなく、あんまりだという意見が多い。

　そして少年の肩を持った観衆に鋭い視線を向けたこともまた、領主に対する信頼を地に落とすには十分すぎる振る舞いだった。

「おい、風が止むぞ！」

領主が寛大になったという噂もただの嘘だったのだと結論が出ようとしたとき、ようやく風の監獄の持続時間が過ぎようとしていた。

人々は中にいる少年の無事を祈り、その光景をただ眺める。

しかし——

「えっ？」

「どういうことだ？」

監獄の中から出てきた彼を見た者たちは例外なく困惑した。

その理由は予想外にも、少年の体に傷一つなかったから——などではなく。

監獄の中から出てきたのは、なんと髭の生えた中年のおっさんだったからだ（気絶中）。

意味が分からず、言葉を失う領民たち。

そんな中、警備兵の一人が驚いたように声を上げた。

「こいつはまさか、犯罪組織【クリムゾン】の主要メンバー『白影のガルー』か⁉」

注目が集まる中、警備兵は続ける。

「クリムゾンは少し前まで領内に悪名を轟かせていた犯罪組織です。しかし数か月前を皮切りに表舞台から姿を消したと思っていたのに、なぜこんなところに現れて……それも皆さんの話によると子どもの姿で――ッ！」

その瞬間、警備兵の脳裏をクラウスの言葉がよぎる。

彼は確かに言っていた。

罪人を捕まえたが、その後のことはお前たちに任せると。

そして彼に関わる噂である、レッドドラゴンのレバー騒動に関する一連の流れ。

そこから導き出せる答えは一つしかない！

「まさか――！」

この事件は単なる盗難などではなく、まだ終わっていないのかもしれない。

そう考え、警備兵はすぐさま次の行動に移ったのだった。

数日後。
館内を歩いていると、使用人たちが何やら噂話をしているのが聞こえる。
何でも、領内にはびこっていた犯罪組織【クリムゾン】が壊滅したらしく、それを喜んでいるみたいだ。

「ふむ、犯罪組織か……悪のカリスマを目指すうえで、そういった組織を配下に加えるのもよさそうだ。なんなら特殊技能を備えた従者を育て、裏で暗躍するメイド部隊なんかを作ったりするのも面白いかもしれない――」


っと、そうだ。犯罪といえば、先日の盗難騒動を思い出す。

あの一件で、俺の評判も見事にだだ下がりしていることだろう。

少し様子を確かめるべく、俺は館を出て町に向かった。


「「「領主様、ありがとうございます！」」」


――町に着いた直後、なぜか俺は盛大な感謝とともに迎えられた。

意味が分からず困惑していると、騒動の後始末を任せた警備兵がまず前に出る。

「領主様のご指示通り、見事【クリムゾン】の壊滅に成功しました」

何の話だろう？

心当たりがなさすぎるんだが。

「領主様が捕らえた少年は、幻術の魔道具によって少年の姿に変わったクリムゾンの幹部だったのですが、領主様は全てを理解したうえであのような対処をされたのですね。さすがでございます」

ちょっと何を言ってるのか分かんないんだけど。

何これデジャヴ？

「【クリムゾン】は他者からの同情を狙える子どもの姿に変身したうえで複数に分かれて盗みを働きつつ、幻術の魔道具の有用性を測っていた最中だったようです。そして近々大きめの犯罪を犯そうとしていたようですが、何とかその前に全員の身柄を確保することができました。これも全ては領主様が幻術を見抜き、魔術で正体を暴くことにより、幹部から情報を聞き出せたおかげです。本当にありがとうございます！」

頭を下げる警備兵に代わって、領民の一人が前に出る。

「最近は市場で盗みが多かったのですが、クリムゾンの壊滅を機にそれもなくなるはずです！幻術をかけられたレッドドラゴンのレバーを見抜いたという話を聞いた時は本当かと疑ってしまいましたが、今ではそんな自分を心から恥じています！　さらにクリムゾンに幻術の魔道具を売った商人も、既に捕らえたとか！　領主様は素晴らしいお方、一生ついていきます！」

えっ、よく分かんないけど前と同じ商人が原因なの？

やっぱり死刑にしなきゃ……

続けて、別の領民も前に出てくる。

「私はあの場にいて、領主様のお言葉をしかと耳にしました。クリムゾンの幹部に対して『お前のような存在』は領地に不要だと宣言したうえで、『このような行い』――つまり私たち領民を傷つけるような犯罪は決して許さないという気高さ！　領主様のおかげで安心してこの領地で暮らすことができます！　本当にありがとうございます！」

うっ、まずい。

あまりの情報量の多さに、頭がクラクラしてきた。

しかし、彼らはそんな俺の様子に気付くこともなく――

「「「領主様！　領主様！　領主様！　領主様！」」」

なぜか全員が一丸となって領主様コールをし始める。

くそっ、くそっ、くそっ！

ちょっと悪評を広めたかっただけなのに!!

何でこうなったぁぁぁぁああああああ！

第三話　メイドの部屋を吹き飛ばそう！

犯罪組織【クリムゾン】壊滅から3日後。

立て続けの支持爆上がり事件によるショックから寝込んでいたものの、ようやく病床から復帰した俺は、執事のオリヴァーと共に館の中を歩いていた。

俺は「はあ」とため息を吐いた後、愚痴をこぼす。

「なぜ俺が自分で荷物を取りに行かなければならないんだ……」

「この先にある一室は、レンフォード家の血を継いだ方しか開閉できないのです。この3日間で溜まった執務を片付けなければならないので、キビキビと働いていただきますよ」

「うっ……」

注意してくるオリヴァーに対し、俺は強く言い返すことができない。

この3日間、俺がやるべき執務のほとんどはコイツに肩代わりしてもらっていたからだ。

というか今回に限らず、普段から多くの執務がオリヴァーに任せられている。

俺がクラウスに転生してからまだ1か月と経っていないにもかかわらず、問題なく領主をやれているのはオリヴァーのおかげというのが大きい。

まあ実際のところ、両親が亡くなってクラウスが領主を任されてから俺が転生するまでに関しても、オリヴァーが代行として動いていたから何とかやってこられたみたいだしな……

そんな事情もあり、悪事執行中のアドレナリンブーストがかかってるとき以外は、こうやって説き伏せられてしまうことも多かった。

しかしこれではいけない。

悪のカリスマを目指す者として、近いうちに俺が圧倒的存在であるとコイツにも思い知らせてやらなければ！

と、そんなことを考えながら歩いている時のことだった――


「きゃあっ！」


曲がり角の先から、女の子らしき叫び声が聞こえる。

「何かあったのか？」

「っ、クラウス様、そちらは――」

気になった俺は、オリヴァーの制止も無視してそちらに向かった。

するとそこには、夜空のような真っ黒な髪が特徴的なメイド姿の少女がいた。

少女はモップを手にしながら、水浸しになった地面を見て困ったように狼狽（うろた）えている。

横にはバケツも転がっているし、掃除中に水を零したというところだろう。

彼女の様子を眺めていると、ふと目が合う。

すると彼女はしばらく呆然とした後、ぷるぷると震え始めた。

「領主様⁉　も、申し訳ありません！」

メイドは勢いよく頭を下げる。

仕事のミスに対して罰を与えられるのか、恐怖しているのだろう。

うんうん、いい反応じゃないか！　俺を恐れてくれる相手には好感度が爆上がりだ！

しかし……

（ふむ、なんだか怖がり方が過剰な気がするな……待てよ、そういえば！）

疑問を抱いた直後、俺はふと思い出した――この国における『黒髪』の扱いを。

ソルスティア王国において、黒い髪を持つ人間は魔族の血を引くと言われており、かつては差別の対象だった。

今でこそその考え方は間違いだとされているが、それでも偏見は色濃く残り続けている。

ちなみになぜここまで詳しいかというと、『アルテナ・ファンタジア』に出てくるヒロインの一人も黒髪持ちで同じ境遇だったからである。

差別や偏見と戦っていく彼女のストーリーには、何度も泣かされたものだ。

「領主様……？」

自分の思考に浸っていると、メイドが顔を上げてこちらの様子を窺(うかが)ってくる。

本来ならここで罰を与えてやるところだが、今は先に片付けなければならない公務がある。

「お前は仕事に戻れ」

「えっ？　はっ、はい！」

メイドは困惑した様子だったが、すぐに俺の命令通り掃除を再開する。

そんな彼女の姿を見ながら、俺はあることに気付いた。

俺が転生してくる前の記憶も含め、これまで一度として彼女を見たことがないことを。

この世界ではあれだけ目立つ黒髪だ、見落とすことはまずないだろう。

その疑問が、いつまでも俺の頭に残り続けるのだった。


「彼女の名はマリー。先代の頃(ころ)からレンフォード家に仕えているれっきとしたメイドですよ」

執務室に戻ってきた後オリヴァーに訊(き)いてみると、そんな答えが返ってきた。

マリーに見覚えがないことを伝えると、彼はわずかに眉(まゆ)をひそめる。

しかしオリヴァーはすぐに、いつも通りの仏頂面(ぶっちょうづら)を浮かべた。

「……彼女は基本的に与えられる仕事が少なく、一部の掃除や雑務を行うだけで館の中枢には近づきません。そのためクラウス様が知る機会がなかったのでしょう」

与えられる仕事が少ない、だと？

それはまさか……


「マリーはメイドの身でありながら、サボり魔だということか」

「サボ……？　いえ、決してそういうことではなく――」

オリヴァーが何かを説明しているが、俺の耳には入らない。

前世時代、自分の仕事を俺に押し付けたうえで上司には媚びへつらい出世していった憎き同僚のことを思い出してしまっていたからだ。

もしマリーがあの同僚と同じような存在なら、決して許すことはできない。

さっきは見逃したが、改めて罰を与える必要があるだろう。

しかし、断罪するにはまだ情報が足りない。俺はオリヴァーの言葉に耳を傾ける。

「――と、そういった事情から彼女は他の使用人と違い、普段は離れにて一人で生活しています。ご理解いただけましたか？」

しかし残念ながら、説明はすぐに終わってしまった。

それでも新たに判明した事実が存在する。どうやらマリーは一人暮らしらしい。

「オリヴァー、この館の見取り図を持ってこい」

「見取り図、ですか？」

「早くしろ」

その後、オリヴァーが持ってきた見取り図を机の上に広げる。そして各使用人に与えられた寝室をチェックしたところ、確かにマリーだけが一人で離れを使っているようだった。

ここで俺は一つの疑問を抱く。

先ほどはマリーがサボり魔だと判断したが、亡くなった両親の性格を考えると、とてもじゃないがメイドにそのような怠慢を許していたとは思えない。

加えて、なぜかマリーだけが一人暮らしをしているという状況。

これらが指し示す事実は一つしかありえない。


――つまりマリーは両親のお気に入りであり、特別扱いをされていたのだ！


真実にたどり着いた俺は、多大なる衝撃を受けた。

「なるほど、まさかこんな真実が隠されていたとは……両親の評判はかなり悪かったようだし、差別など進んで行う側だと思っていたが、多少なりとも人の心は持っていたみたいだな」

しかしここで問題なのは、その特別待遇が今も続いているということ。

現在、マリーの主人は両親ではなく俺である。そんな中で、国中から偏見を持たれる少女を特別扱いし慈悲を与えていることが世間一般に伝わってしまえば、悪のカリスマを目指す俺にとってはネガティブキャンペーンになりかねない！

俺はすぐさま今後の方針を決めた。

「オリヴァー、マリーに通達しろ。必要最低限の物だけ離れから持ち出して待機しろと」

「クラウス様⁉　それはまさか……！」

「何をボケッとしている、早くしろ」

「——はっ、かしこまりました！」

なぜかは分からないが、オリヴァーは目を輝かせて意気揚々と去っていった。

その後、俺も準備を整えて離れへと向かうのだった。


「これは……」

離れにたどり着いた俺は、かなりの衝撃を受けていた。

——何だこれは！　俺が社畜時代に住んでいた安アパートよりよっぽど豪華じゃないか！

ここで一人暮らしを堪能するなど、メイドの身でありながらなんて傲慢なんだ！

これから俺が行うことが間違いではないと、そう強く確信することができた。

俺はちらりと、大量の荷物を抱えて立ち尽くしているマリーに視線を向ける。

「りょ、領主様？　ご命令通り必要な物は全て持ち出しましたが、いったい何をなさるおつもりですか？」

「決まっているだろう？　よく見ていろ、これが俺の答えだ」

マリーの疑問に応えるように、俺は右手を離れに向けた。

「【破壊の暴風(デス・ストーム)】」

そう唱えた直後、俺の右手から放たれた暴風が離れの建物に直撃した。

渦巻く暴風に巻き込まれ、離れだった物が粉々になっていく。

「……………（ぽかーん）」

マリーはその様子を、ただ呆然と眺めることしかできない。

それもそのはず。なにせ突然、自分の部屋が主人の手によって完膚なきまでに破壊されたのだから。

離れの解体が終わってしばらく経った頃、ようやくマリーは意識を取り戻す。

「はっ！　りょ、領主様⁉　突然何を⁉」

「見ての通りだ。これでもう、お前はこの離れに住むことはない」

「――――！」

大きく目を見開くマリー。

自分の特別待遇がなくなり、さぞ衝撃を受けていることだろう。

マリーは怒りが収まらないのか、震える声で告げる。

「……それでは、私はこれからどこで生活すれば……」

「何を言っている？　それは当然、他のメイドたちと同室に決まっているだろう。それから今後は館全体の仕事にも参加しろ（サボりは絶対に許さん！）」

「ッ！　それはつまり……」

「伝えるべきことは全て伝えた。それではオリヴァー、後は任せる」

実は端っこにいたオリヴァーにそう指示を出すと、俺は身をひるがえしてその場を後にする。

うんうん、背中に突き刺さるマリーの憎しみの視線が心地いい。

これで黒髪の者にも慈悲など与えない、冷徹な貴族だという評判が流れることだろう。

俺は離れから十分に距離を取った後、「はーはっはっは！」と笑いながらスキップで執務室に戻るのだった。

メイドの少女マリーは、幼いころから偏見の中で暮らしてきた。

その理由はひとえに、魔族を彷彿（ほうふつ）とさせる黒髪のためだ。

マリーの母親も同じように黒髪であり、女手一つでマリーを育ててきた。

しかし黒髪持ちにとってこの国は暮らしにくく、様々な地を転々としながら生きてきた。

そんな中、マリーが12歳になった頃、母がレンフォード子爵家に雇われることになる。

その理由は、レンフォード子爵家が偏見を持たない素晴らしい貴族だったから――などでは決してなかった。

当時、ようやくソルスティア王国にも髪色と魔族の間に繋がりはないという常識が広がり始めていた。その際、王家は黒髪持ちへの偏見をなくすため、貴族たちに進んで黒髪持ちを取り立てるよう指示を出した。

レンフォード子爵は黒髪持ちへの偏見自体はあったものの、王家の覚えをよくするため、マリーの母を雇うことにしたのだ。その結果、レンフォード子爵家で暮らすことになった二人だが、与えられた離れはとても人が暮らせるような環境ではなかった。

何年も手入れがされていないためにボロボロで、今にも崩れ落ちそうなほど。

そんな場所で、マリーたちの新生活が始まった。

しかし母は元から体が弱かったことに加え、他の使用人に比べても格段に多い激務をこなす中で、流行り病にかかって呆気なく亡くなってしまった。

マリーが14歳になったばかりのタイミングだった。

その後、母親に代わってマリーが子爵家に雇われるようになった。子爵は黒髪持ちの使用人を再び失うわけにはいかないとし、マリーには大して意味のない仕事を少量だけ与えた。

マリーはそれからずっと、自分がこの場所にいる理由が分からないまま働き続けていた。

出ていこうにも、その勇気が出ない。マリーにとって母が亡くなったこの離れは、マリー自身をこの場所に縛り続ける呪いでしかなかったのだ。

そして、そのまま働くこと1年。

魔物に襲われるという悲しい事故によって、領主が代替わりすることになった。

とはいえ、何かマリーの環境が変わるわけではない。

それどころか新領主はマリーの存在にすら気付いていないように思えた。


しかし、領主が変わってからしばらく経ったある日のこと——


「聞きましたか？　領主様が悪の商人を見事捕らえたとのことよ」

「失態を犯した部下に対して、寛大な心をお見せしたんだってね」

「先日の犯罪組織壊滅も、領主様の見事な指示によるものだったらしいわ！」

突然、館内で領主の良い評判ばかりが聞こえてくるようになった。

それを聞いてマリーはすこし動揺するも、首を横にぶんぶんと振る。

（いいえ、どちらにせよ私には関係ないことですね……）

そう結論を出し、本日2回目の掃除を行おうとした、その時だった。

「きゃあっ！」

手が滑り、バケツの水を廊下に零してしまう。

慌ててモップで拭こうとすると、背後から足音が聞こえてくる。

メイド長だろうか？　失敗したことを謝らなければ。そう思いながら振り返ると、なんとそこには領主のクラウスがいた。

（――何で⁉　普段はこんな場所にやってこないはずなのに！）

疑問を抱きながらも、マリーは慌てて頭を下げた。

「領主様⁉　も、申し訳ありません！」

ぷるぷると震えながら、マリーは答えを待つ。

以前までの評判通りなら、何をされてしまうか分からない。

だけどここで、ふとマリーは思い出した。

最近のクラウスは思いやりに満ちた、心優しい領主になっているという噂を。

だからこそマリーはつい、縋るような気持ちでクラウスを見上げた。

「領主様……？」

（――あなたなら、私を救ってくれますか？）

そして、叶うはずもない願望を心の中で口にする。

その証拠に、クラウスはすぐにこう答えた。

「お前は仕事に戻れ」

「えっ？　はっ、はい！」

マリーが後ろを見ると、そこにあるのは自分の失態でできた水溜まりだけ。

それを見て、マリーは自嘲気味に笑う。

（そうですよね……領主様もお客様もいらっしゃらない隅っこで、自分が零した水を拭うことしか、私に与えられる仕事はないんでしょう）

初めから分かっていたことだった。

だけど——いや、だからこそだろうか。

この答えに対して小さくないショックを受けている自分に、マリーはとても驚いた。

——しかし、クラウスの真意をマリーが知ることになるのは、それからたった数時間後のことだった。

突然、執事のオリヴァーから必要なものを持って離れから出るよう通達があったのだ。

オリヴァーは先代の頃から、マリーたちを気遣ってくれていた数少ない存在。

そんな彼が「お母君との思い出の品だけは、忘れずに持ち出すように」とだけ伝えてきた。

それがいったいどういう意味なのか分からないまま困惑していると、なんと続けてクラウスまでやってきた。

「りょ、領主様？　ご命令通り必要な物は全て持ち出しましたが、いったい何をなさるおつもりですか？」

その質問に対し、クラウスは精悍な面持ちで答えた。

「決まっているだろう？　よく見ていろ、これが俺の答えだ」

直後、クラウスが唱えた魔術によって離れが粉々に壊されていく。

それをマリーは、ただ呆然と眺めることしかできなかった。

魔術が止みしばらく経った頃、ようやくマリーは意識を取り戻す。

「はっ！　りょ、領主様⁉　突然何を⁉」

「見ての通りだ。これでもう、お前はこの離れに住むことはない」

「――――！」

クラウスの言葉を聞いた瞬間、母親とのかつての会話が脳裏をよぎった。

それは母が亡くなる少し前のこと。

『マリー、最後の約束よ。いつかここを出て、もっと多くの景色を見届けて』

『……できないよ、お母さん。私は、ずっとこの場所に縛られて生きていくことしか……』

『そんなことはないわ。いつかきっと、あなたをここから連れ出してくれる人が現れるはずだから。だから絶対に大丈夫よ、マリー』

あの時は決して信じられなかった母の言葉。それを、今なら心から信じられると思った。

マリーはようやく悟った。

クラウスが告げた『これが俺の答えだ』という言葉。

これは先ほどマリーが心の中でクラウスに問いかけた、『あなたなら、私を救ってくれますか？』への返答だったのだ。

驚きと動揺、そして新たに温かな感情が芽生えてくるのを自覚しながら、マリーは悟られないよう震える声で尋ねる。

「……それでは、私はこれからどこで生活すれば……」

「何を言っている？　それは当然、他のメイドたちと同室に決まっているだろう。それから今後は館全体の仕事にも参加しろ」

「ッ！　それはつまり……」

「伝えるべきことは全て伝えた。それではオリヴァー、後は任せる」

離れから連れ出してくれるだけではない。

これからは自分への偏見をなくし、他のメイドたちと同じように扱ってくれると。

クラウスはそう誓ってくれたのだ。

クラウスが去ってからも感激のあまり身動きも取れずにいると、オリヴァーが片眼鏡（モノクル）をカチャッと上げて言う。

「よかったですね、マリー」

「……本当に、いいんでしょうか？　これから他の方たちと同じように過ごせるだなんて、とても信じられません。そうです！　もしかして全て、何かの勘違いなのではないでしょうか⁉

たとえば領主様が私の至らぬ点に対して罰を与えようとしているにもかかわらず、その意図を

汲み取れていないだけだったり――」

「想像力が豊かなのは結構ですが、卑屈になってはいけません。マリー、貴女の境遇を考えれば疑いたくなる気持ちも分かりますが、クラウス様は素晴らしいお方。どうかクラウス様を信じてあげてください、なにせあの方は貴女の主人なのですから」

「主人……」

これまでクラウスとの関わりがなかったこともあり、彼が主人だという認識を持つことができず、ただ領主様と呼んできた。

だけどこの瞬間、確かにマリーの中にもある想いが芽生えた。

クラウス様は偉大な領主であると同時に――自分にとって最高の、一生仕えるべきご主人様であると。

マリーは心から沸き上がった気持ちのまま、満面の笑みを浮かべた。

「本当に、ありがとうございます――ご主人様」

その数秒後、どこからか「はーはっはっは！」という笑い声が聞こえてくる。

どこかクラウス様の偉大なお声に似ている気がしたが、気のせいだろうとマリーは確信するのだった。

第四話　冒険者の獲物を横取りしよう！

マリーの暮らす離れの建物を吹き飛ばした翌日。

この調子で悪のカリスマへの道を突き進むべく、次に行うべきことについて考えていた。

ここで俺は、悪評を広げる以上に重要なことを思い出す。

「ラスボスを目指す以上、やっぱり強さは必須だよな」

クラウスに転生して以降、毎日のように剣術や魔術の修練をしてきた。

しかし最初の頃はかなり順調に成長していたものの、ここ最近は少し停滞気味だった。

その理由について、俺は前世のゲーム知識から何となく察していた。

「やっぱり熟練度が上限に到達したから、ってことなんだろうな」

『アルテナ・ファンタジア』において、操作可能なメインキャラクターにはレベルと各スキルの熟練度が設定されていた。熟練度はその名の通りスキルを使うごとに上昇していき、使用回数や威力を上げることができるのだ。

ただし熟練度には上限が存在し、それを突破するためにはレベルを上げる必要があった。

ここから導き出せる答えは一つ。

「俺の成長が止まったのは、熟練度の限界に到達してしまったからだろうな」

この世界ではゲームのようにステータスを見ることはできないものの、システム自体はしっかりと反映されているのだろう。

これ以上俺が成長するためにはレベルを上げる――すなわち、魔物を倒すしかない！

「よし、そうと決まれば――」

結論にたどり着いた俺は、さっそく装備を整えると、執務を放り出してダンジョンに出発するのだった。


今回向かうダンジョンは、領都近くの森の中に存在する。

事前に情報を調べたところ、今の俺（クラウス）でも問題なく攻略できるだろうと判断した。

そんなわけでダンジョンを目指して意気揚々と歩いている、次の瞬間だった。

シャァァァ――

「っ、何だ⁉」

得体の知れない何かが迫ってきているのを感じ、反射的に魔力を纏（まと）った剣を振るう。

刃（やいば）が何かを切り裂く感触が、柄（つか）を伝って右手に響いてきた。

「これは……」

ポトンと地面に落ちたそれをよく見てみると、その正体は魔力で生み出された、透き通るような青色の鳥だった。

青色の鳥は地面に転がったまま、パクパクと小さな口を開く。

『ダンジョ――奥――ボスの変異体――間がやられて――時間を稼ぐ――助け――くれ！』

そして、そんな感じで途切れ途切れの言葉を発する。

それを見て俺は確信した。

「伝達魔術か」

伝達魔術とはその名の通り、魔力で生み出した鳥を飛ばし、特定の相手にメッセージを届けるもの。言葉が欠けているのは、今の俺の攻撃によって情報を構成する魔力の一部が消滅してしまったからだろう。

俺はゆっくりと、その鳥を拾い上げる。

「伝達魔術を使ったってことは、発動者には何か伝えたいことがあったんだろうが……それももう難しいだろうな」

俺が攻撃したことが原因ということで申し訳なさを感じそうになるが、悪のカリスマたるものの細かいことは気にしない！

後で適当に供養だけはしてやろうと鳥を胸ポケットに入れ、改めて出発。

その数分後、俺はダンジョンの前に到着した。

「さて、実際にダンジョンに入る前にっと……」

俺はアイテム袋から二つのアイテム――【反動強化の指輪】と【鮮血の誘魔灯】を取り出す。
これらはゲーム世界にも存在していたアイテムである。
ちなみにゲームでは、こういった説明文が書かれていた。

【反動強化の指輪】：B級
・10秒ごとにHPが1％減少する代わりに、全能力値が50％上昇する。
（最大HPの10％に到達して以降は減少しない）

【鮮血の誘魔灯】：D級
・何種類もの魔物の血液を調合して生み出された液体であり、魔物が好む魔力を放つ。
これを体に塗ることで、周囲の魔物が寄ってくるようになる。

『アルテナ・ファンタジア』で効率的にレベルアップするためには、３つの要素を意識すればいいと言われている。

1．少ないパーティー人数で魔物を倒す（ソロが最適、恋愛ゲームとしてはどうなんだ？）。
2．自分よりレベルの高い魔物を倒す。
3．そして最後に、魔物討伐時のＨＰが低ければ低いほど、経験値ボーナスを取得することができる。

特に重要なのが３つ目。

こういった仕様が存在する以上、ゲームに慣れたプレイヤーはこの【反動強化の指輪】を装備してレベリングするのが常識だった。

【鮮血の誘魔灯】はまあ、説明文の通りだ。

これらのアイテムを使えばリスクは上がるが、ゲーム時代の知識を活用すれば特に問題はないだろう。

そんなこんなで、俺は指輪を装備した後【鮮血の誘魔灯】を体にかけた。

ちなみにこれらのアイテムをどうやって入手したかと言うと、なんと例の商人から没収した物の中にあったので、勝手に使わせてもらっている。

迷惑ばかりかけてくる奴(やつ)かと思ったが、それだけでもなかったようだ。

「さて、それじゃ準備も終わったことだし行くとするか！」

そう叫んだあと、俺はダンジョンの中に足を踏み入れた。

その後、俺は順調に攻略を進めていた。

ダンジョン内で出てくる魔物は事前に調べた通り、ゴブリンやコボルトなどゲームでも登場した魔物が多かった。

そのため攻略法を活用すれば簡単に討伐でき、順調にレベルアップしていくのを実感する。

「うんうん、これがレベルアップの感覚か！　病みつきになりそうだ！」

そうこうしながら進んでいると、とうとうボス部屋に到着した。

そろそろいい時間だし、今日はボスを倒して帰るとしよう。

「ん？　なんだ？」

――そう思っていたのだが、なぜかボス部屋から戦闘音が聞こえてくる。

ちらっと覗(のぞ)いてみると、複数の冒険者が既にボスのオーガと戦っていた。

……あれ？　ゲームに出てきたオーガって、あんなに大きかったっけ？

まあ、ゲームと現実で細かい違いがあるのだろう。

そんなことより――

「通常なら先に戦っている冒険者から獲物を横取りするのはタブーだが……そんなことを気にする俺ではない！」

レベルアップのためならなんだってやってやる。

というわけで、俺は自分の使える最大火力の魔術を唱えた。

「【炸裂する爆炎（プロミネンス・バースト）】」

すると、俺の両手から想像を超えるほど巨大な炎の奔流が放たれた。

これもレベルアップしたことの影響なのだろう。

炎はオーガに直撃したのち、爆散。

予想以上の火力が出た結果、たった一撃で倒すことができた。

「よし、討伐完了！」

満足しながら額の汗を拭（ぬぐ）っていると、冒険者たちが俺の存在に気付く。

「おい、あそこを見ろ！」

「誰（だれ）だ⁉　あの人がボスを倒したのか？」

「あれはまさか……領主様⁉」

俺はあえてしばらく姿を見せた後、ダンジョンを後にした。

ふはは、いいぞいいぞ。

これで冒険者の間にも、俺が獲物の横取りをする最低の領主だという悪評が広がるだろう。

今回はレベルアップが目的だったがこんな結果までついてくるとは、まさに一石二鳥だ！

俺は「はーはっはっは！」と高笑いをしながら、片手間に魔物を倒しつつ、地上に帰還するのだった。

――クラウスがダンジョンに入る少し前。

レンフォード領の領都を中心に活動する冒険者グエンは、いつものように仲間と共にダンジョンを攻略していた。

しかし、最深部で予想外な事態に遭遇してしまった。

「嘘だろ、突然変異体だと⁉」

環境変化の影響や、他の魔物を喰らうことによって生じる変異によって、なんとボスがオーガからハイ・オーガに進化していた。

さらにグエンたちの隙をついたハイ・オーガの一撃によって、いきなり仲間の一人が気絶。

逃げるという選択肢を奪われたグエンたちは、ただ敵の猛攻を凌ぐことしかできなかった。

「くそっ！　こうなったら伝達魔術でギルドに助けを求めるしかない！」

「ハイ・オーガと戦える戦力がギルドにいますか？　いたとしても、準備を整えてやってくるまでに数時間はかかるんじゃ……」

「それでもだ！」

仲間の懸念は承知のうえで、グエンはそれしか自分たちが助かる術はないとして伝達魔術を発動した。

「ダンジョンの奥でボスの変異体と遭遇してしまった。仲間がやられて逃げ出すわけにもいかない。できる限り時間を稼ぐから、一刻も早く助けに来てくれ！」

メッセージを込め、青色の鳥を解き放つ。

あとはこれが無事、ギルドに届いてくれることを祈るだけだ。

「……まあ、この化け物相手に時間を稼ぐっていう最大の仕事がまだ残ってるんだけどな」

グエンはハイ・オーガに向き直ると、顔をしかめながらそう呟（つぶや）くのだった。


それから1時間が経過した。

既に結界アイテムや回復ポーションも使い果たし、これ以上は堪（こら）えられないことを悟る。

誰もが死を覚悟した、次の瞬間だった。


「【炸裂する爆炎（プロミネンス・バースト）】」


突然どこかから放たれた炎の奔流が、ハイ・オーガに直撃し木（こ）っ端（ぱ）みじんに吹き飛ばした。

（な、何が起きたんだ⁉）

グエンは困惑しながら、炎の飛んできた方向に視線をやる。するとそこには、胸ポケットにグエンが放ったはずの鳥を入れた、血まみれ姿の男が立っていた。

しい。

見覚えのない男だが、どうやら彼が伝達魔術を受け取り、グエンたちを助けに来てくれたら
グエンはまだ呆然としている仲間たちに呼びかける。

「おい、あそこを見ろ！」

「誰だ⁉　あの人がボスを倒したのか？」

「あれはまさか……領主様⁉」

仲間の言葉を聞き、グエンは目を見開いた。

（領主様だと⁉　そんな方がなぜここに⁉）

しかし混乱するグエンたちをよそに、クラウスは名乗ることもなく去っていく。

グエンたちはしばらく無言のまま、その背中を見届けていた。

ようやく冷静さを取り戻したタイミングで、グエンたちは顔を見合わせる。

「いったい何が起きてるんだ？　領主様が自ら、俺たちみたいなはぐれ者を助けに来てくれたっていうのか？」

「それもあんなに血まみれになって……私はヒーラーだから分かります。あの方は今、ＨＰが10％以下みたいです。今すぐ倒れてもおかしくない状態のはずです」

「なんだと⁉　そんな状態で我々を助けたうえでなお、礼も求めずに去るだなんて……そういや、最近の領主様は民のために動いてくれる素晴らしいお方に変わったと聞いたが、噂は本

当だったのか……」

驚愕と感動のあまり、言葉を失うグエンたち。

ただ一つ分かったのは、自分たちが暮らす領地を治めるクラウスが、どんな貴族よりも素晴らしく偉大なお方であるということだけ。

その後、休養を挟み気絶した仲間の意識が戻った後、グエンたちは冒険者ギルドに戻った。

そしてそこにいた者たちに対して、武勇伝のようにクラウスの偉大さを語る。

事の顚末を聞くと、全ての冒険者がクラウスの勇敢さと気高さに感動し、涙を流した。

そして、

「「「領主様！　領主様！　領主様！　領主様！」」」

その日は夜が明けるまで、冒険者ギルドでクラウスを崇める宴が開かれた。

なお、その一方――

「へっくしょん！　……ふむ、誰かが俺の悪評を噂しているのか？　うんうん、気分がいいぞ！　あーはっはっは！」

――クラウス本人はというと、冒険者たちからの支持が爆上がりしていることなど知る由もないまま、盛大に笑い声を上げるのだった。

初めてのダンジョン攻略から数日後。

俺はこの間に、幾つものダンジョンを順調に攻略していた。

効率よく経験値を獲得したおかげか、この数日でかなりレベルアップできた。

恐らく、この付近のダンジョンで到達できる上限に達したはずだ。

そんなわけでひとまずダンジョン攻略は止め、執務に集中する日々に戻った、そんなある日のこと。

突然、執事のオリヴァーがある提案をしてきた。

「クラウス様。使用人の中から一人、クラウス様の専属メイドに取り立てたいのですがよろしいでしょうか？」

「専属メイドだと？」

「はい。クラウス様が特にご所望でないことは承知しておりますが、近頃クラウス様の執務量が増えていることを考えると、そうした方がよいかと思いまして……それから、本人の強い希望もありましたので」

「？　まあそれなら構わんが」

そういえばクラウスは使用人に興味がなく、専属もいなかったか。

俺としては正直どっちでもよかったため、とりあえず頷いておく。

するとオリヴァーはさっそく扉を開け、向こうにいた少女を執務室に招き入れた。

ん？　彼女はまさか……

「ではマリー、挨拶を」

「はい！」

やっぱりか。

そこにいたのは、つい先日、部屋を吹き飛ばしてやったばかりの少女マリーだった。

彼女は俺の前に来ると、優雅な動きで一礼する。

「私マリーはご主人様の期待にお応えできるよう、誠心誠意お仕えさせていただきます。ぜひ今後は私に〝何でも〟お申し付けくださいませ」

そしてマリーは、微笑みながらそう告げた。

俺はなぜか、その笑みに対して言い知れぬ何かを感じるのだった。

閑話　主人とメイド

「いったい、どういうことだ……？」

オリヴァーの提案により、黒髪の少女マリーが俺の専属メイドになった──そこまではよかったのだが、現在、俺の脳内は混乱のただ中にあった。

というのも、マリーの意図が読めなかったからだ。

自分の大切な住処を粉々に吹き飛ばした悪徳領主に仕えたいと思う者などいるはずがない。にもかかわらずマリーが俺の従者になろうと考えたのには、何か別の目的があるはずだ。

何を差し置いても、まずはそれを確かめなければ。

現時点で一つだけはっきりしているのは、マリーが俺の従者として働くことに対し、内心では不満を抱いているに違いないということ。

「となると、マリーの心のうちを暴くために最適な手段は……」

「お呼びでしょうか、ご主人様？」

「っ」

思考に沈んでいるうちに、いつの間にかマリーが近くにやってきていた。

一瞬だけ驚いてしまったが、ちょうどいい。

コイツが何を企（たくら）んでいるか、俺の天才的頭脳で見事に暴いてみせるとしよう。

「マリー、お前に俺の専属メイドとしての仕事を教える。ついてこい」

「は、はい、かしこまりました！」

マリーは緊張の面持ちのまま、俺の後をついてきた。


初めに、俺はマリーを調理スペースへと連れてきた。

「まずは料理だ。メイドたるもの、茶を淹（い）れることはもちろん、最低限の食事くらいは作れるようでないと困るからな」

「は、はい、やってみます！」

頷（うなず）くと、マリーはぎこちない動きで調理を始める。

これまで仕事をサボっていたせいか、あまり手慣れているようには思えなかった。

とはいえ実際のところ、俺はマリーの料理の腕前自体にそこまで興味がない。

では、何が目的でわざわざこのような場を設けたのか。それは、俺のための仕事をさせられる過程で、耐え切れず不満を表に出さないか確かめるためだ。

人は怒りや不満を抱いた時、本性を露（あら）わにする。

そこからマリーの企みを見抜いてやるという、天才的発想だったのだが——

「………ふむ」

──少なくとも調理中、マリーが苛立ちを表に出すことはなかった。

それどころか、少し前に俺が牢屋へ入れたシェフたちが集まってきて、マリーに調理のコツを教えだす始末。

なんだか和気あいあいとし始めているが、これでは最初の目的を果たすことができない。

どう横槍を入れたものか、悩む俺だったが──

「で、できました、ご主人様！」

そうこうしている間に、簡単な軽食が出来上がってしまった。

……さて、どうしたものか。

マリーを怒らせるだけなら、いきなりこの料理を捨てるのが最善だろうか。しかしそれだと、従者の仕事を通じて不満を抱かせたいという、本来の目的から少し逸れてしまう。

……仕方ない。ここは流れに乗るとしよう。

俺はテーブルにつくと、マリーの作った料理に視線を落とした。

スクランブルエッグ、焼いたベーコン、紅茶というかなり簡素なものばかり。

俺はナイフとフォークを手に取り、それを少しずつ食していった。

「……ふむ」

正直、出来としてそこまで高いわけではないが、シェフの手を借りたおかげか食えないほどではなかった。だからといって、それをそのまま伝えるわけにもいかないし……

「…………」

マリーは固唾を呑み、俺の様子を窺う。

そんな彼女に向け、俺は言った。

「次だ、いくぞ」

「えっ？　は、はい、ご主人様！」

俺は仕事に対しての感想を告げることもせず、そのまま次の目的地へと向かった。


その後も、俺はマリーに幾つかの仕事を任せた。

洗濯、自室の掃除、執務補佐。

その量は一人のメイドに任せるには膨大であり、どこかのタイミングで怒りを爆発させてくれることを期待していたのだが、残念ながらそううまくはいかなかった。

「さすがに一日で結果を出すのは難しかったか……」

少し結果を急ぎすぎたのかもしれない。そこで俺は長期的な計画に切り替えることにした。

一日なら我慢できる内容でも、数日続ければ我慢が限界を迎えるはず。

ゆえに――

「マリー、お前には明日からも同じことをしてもらう。いいな？」

「……っ！　はい、もちろんですご主人様！」

同じ苦痛を明日以降も味わわせてやると宣言したはずが、なぜかマリーは満面の笑みを浮かべて頷いた。

まさかここに来て、これほどまでに取り繕えるとは。

これは想像以上に厄介な強敵になりそうだと、俺は戦々恐々とするのだった。

数時間前。

「私マリーはご主人様の期待にお応えできるよう、誠心誠意お仕えさせていただきます。ぜひ今後は私に〝何でも〟お申し付けくださいませ」

微笑み、優雅な態度でそう告げるマリー。

しかし心の内では、敬愛するクラウスの専属メイドになることができたことに対し、歓喜と同じだけの不安を抱いていた。

クラウスが偉大な人物であり、黒髪持ちに対しても分け隔てなく接してくれる人物であることは理解している。

けれど、普段の生活を共にする専属メイドとなると話は別かもしれない。

そんな不安が急激に膨れ上がってしまったのだ。

しかし、それが勘違いであったことを、マリーはすぐに悟ることとなる。

クラウスの専属メイドになったマリーに与えられた最初の仕事は調理だった。

先代領主の意向でキッチンに足を踏み入れさせてもらえなかったマリーにとって、料理はほとんど未知の領域。さらに、黒髪持ちが触れた物を口に含みたくないと言われた経験も一度や二度ではなく、彼女は料理に苦手意識のようなものを持っていた。

それでもクラウスの期待に応えられるよう勇気を振り絞ったマリーは、他のシェフたちの力も借り、なんとか簡単な食事を作り上げた。

ところどころ焦げてしまい、完成度も決して高くない。

――にもかかわらず、クラウスは不満の一つも口に出すことなく、マリーの作った食事を平らげてくれた。

感想こそもらえなかったが、自分の作ったものを無下にされなかったという事実だけで、マリーは胸がいっぱいになった。

さらに、マリーにとっての幸福は続く。

彼は続いて、マリーに洗濯や自室の掃除など、プライベートな部分に関する仕事をも任せてくれた。仕事量こそ多かったが、先代の意向でこれまで大した仕事を与えられなかったマリーにとっては、それすら信頼の証に思え、胸の内が満たされるようだった。

そして極めつけが、最後の言葉。

「マリー、お前には明日からも同じことをしてもらう。いいな？」

「……っ！　はい、もちろんですご主人様！」

正直に言って、今日のマリーの仕事の出来は拙かった。

専属メイドの立場を切られたとして、文句を言うことは許されないほどだろう。

にもかかわらず、クラウスは言ってくれた。

これからもお前に引き続き、仕事を任せると。

それは彼からマリーに向けられた期待の証明であると同時に、これからもそばにい続けていいという許しでもあった。

クラウスと離れた後、マリーはかつてない幸福感の中、力強く誓う。

「これからも邁進し、クラウス様の期待に応えられる専属メイドになってみせます！」

そんなマリーの心の内を知る由もないクラウスは、明日からはどんな仕事を押し付ければ嫌がってくれるかという、見当違いな悩みを抱いているのだった。

第五話　招待状を汚して送り返そう！

マリーが専属メイドになってから数日が経過した。

その間、俺（おれ）はどうしてマリーが専属メイドになろうと思ったかについて考えていた。

オリヴァーの発言が正しければ、マリーは自ら専属に名乗り出たとのこと。

しかし特別待遇を取り消し、住んでいた離れまで破壊した俺の専属になりたいと思うはずがない。そこには何か別の意図があるのではないだろうか？

そう疑問に思った俺はここ数日、重たい仕事を次々とマリーに押し付けてみたのだが、彼女は不満を抱くどころか、なぜか幸せそうに笑みを浮かべる始末。

そんな風に取り繕わなければならないほど、俺に隠し通すべき目的があるのだろうか？

――その考えに至った直後、俺は気付いた。


マリーは俺に対して、復讐（ふくしゅう）の機会を狙（ねら）って近づいて来たのだろうと！

これなら、どんな重労働を任されようと耐えられるのにも納得だ。

いずれにせよマリーの狙いを見抜いた以上、ここは専属任命を取り消すのが常識。

——だが、ここで俺は考えを改めた。

今後も悪評を広げラスボスの座を狙い続ける以上、いずれ俺の命を狙う殺し屋も送られてくるようになるはず。

その時に備え、対応力を鍛えるためのいい機会になるかもしれないと思ったからだ。

そういった事情から、マリーは俺の専属メイドとして今日も熱心に働いていた。

「ご主人様、本日の紅茶でございます」

「ああ」

マリーの淹(い)れてくれた紅茶を受け取り、一口飲む。あれからも引き続きシェフの指導を受けているらしく、初めて飲んだ時に比べ、格段にクオリティが上がっていた。

普通なら、メイドの健気(けなげ)な努力に感動すべき場面だが、天才的頭脳を持つ俺は騙(だま)されない。

そうしてまで、紅茶担当を他に譲りたくない理由があると考えるべきだ。

そう、例えば毒。マリーが俺の命を狙っている場合、どこかのタイミングで毒を仕込んでくるはずだが、その手段として紅茶は最適な仕込み場所といえる。

もちろん、警戒すべきは紅茶だけに限らない。そのため俺はマリーの出したものを口にする際、常に状態異常耐性アップの魔術をかけることにした。

ここ数日の努力の甲斐(かい)もあり、今の俺の身体(からだ)はだいたいの毒を無効化するようになった。

その点だけはマリーに感謝したいところだ。

っと、マリーに関する話はさておき、俺は手元に届いた書類を片付けていく。

その途中で、とある手紙に目が留まった。

「これは……ウィンダム侯爵からの招待状?」

ウィンダム侯爵とは王都に住居を構える、国王の懐刀(ふところがたな)とも称される貴族である。

そしてこの手紙は、そんなウィンダム侯爵の当主就任10周年を祝うパーティーの招待状だった。中には返信用の封筒も入っており、参加の有無を送ってくるようにと書かれていた。

返事を考える前に、俺はウィンダム侯爵について思い出す。

実を言うと、俺は彼のことを以前から知っていた。

というのも、ウィンダム侯爵は『アルテナ・ファンタジア』に登場するサブキャラクターの一人だったからだ。

その特徴としては、隻眼(せきがん)のために普段から眼帯を着けており、整った顔立ちからコアな女性プレイヤーの人気も高かった。

しかし残念ながら、ウィンダム侯爵はゲームでそこまで出番がなかった。

彼はゲーム内で暗躍する謎(なぞ)の組織『幻影の手』の殲滅(せんめつ)を目的に動いており、その協力を主人公たちに頼んでくる。

——が、後にこの組織を裏で操(あやつ)っていたのがラスボスのルシエルと判明し、エピローグにて壊滅したとの一文が出てくるだけで解決してしまうのだ。

協力を要請してきて以降、ウィンダム侯爵が作中に登場することはなかった。

相変わらずルシエル関連の設定については拙い（つたな）ゲームだったなあと、内心でため息を吐く（つく）。

さて、話を戻そう。

そんなウィンダム侯爵からの招待状だが、俺はどう返事をしたものか悩んでいた。

「正直、行くメリットが見当たらないな……」

これがルシエルとかからの招待状なら、情報収集や悪の仲間を見つけるために参加するのもよかった。しかし、ウィンダム侯爵は最初から最後まで正義側の存在であるため、仲良くするメリットが一切（いっさい）見当たらない。

とはいえ、ただ不参加を表明する返事を書くのもつまらない。

さて、どうしたものか——そう悩んでいた最中だった。

「ご主人様、紅茶のおかわりが入りまし——きゃあ！」

「っ⁉」

カップを持ってくる途中でマリーがつまずき、紅茶が空中に舞う。

俺は咄嗟（とっさ）に立ち上がり回避したが、紅茶の一部はテーブルの上にあった手紙にかかってしまった。

そんな中、俺はマリーを見て戦々恐々としていた。

（ほう、やるではないか。毒が効かないと見て即、熱攻撃に手法を変えるとは。これからは状態異常耐性だけでなく、熱耐性魔術もかけ続けなくてはな）

うんうんと頷いていると、マリーが真っ青な顔で見上げてくる。

「も、申し訳ありませんご主人様！　専属メイドとして許されざる失態……いかなる罰も受け入れます！」

「……ふむ」

特に気にしていなかったのだが、確かに今のは毒と違い、明らかなモーションを伴った攻撃。

ここで罰を与えないというのは、悪の君主としてのカリスマが落ちてしまうかもしれない。

どんな罰を与えるべきか考えながら視線を落とすと、そこには紅茶に濡れた手紙があった。

それを見た瞬間、俺の脳裏に天才的発想が閃く。

「――そうだ、その手があったか！」

この汚れた手紙を、そのまま返答として送り返すのだ。

不遜に満ちた、それこそ貴族全員を敵に回すような行い。

ウィンダム侯爵が国王の懐刀であることも考えれば、その効果は絶大だろう。

領地を超え、王都いっぱいに俺の悪評は広がるはずだ！

「そ、その手とは……監禁でしょうか、むち打ちでしょうか。いかなるものであれ、ご主人様からの罰なら私は――」

「そうではない、この手紙をそのまま侯爵に送り返してやろうという話だ……この発想にたどり着いたのもお前の行動あってのこと。よくやったぞ、マリー。その功績を鑑みて今回だけは特別に許してやろう」

「え、ええっ⁉」

驚きの声を上げるマリー。

その横で俺は、考えれば考えるほど素晴らしいアイディアだと自画自賛する。

いや、もはやこれは芸術的ともいえる対応。

その視点から見れば、この紅茶の染みですら何かの意味があるように思えてくる。

隣にマリーがいるにもかかわらず、楽しさのあまり「あーはっはっは」と笑い声を上げる俺。

そして、

「染みのついた手紙をそのまま返すなど、本気でしょうか……？　いいえ、さすがに冗談に決まっていますよね。私の罪を許すために、そのような冗談で場を和ませようとしてくださるとは……やっぱりご主人様は、素敵で偉大なお方です！」

マリーが何かブツブツと呟いているが、テンションの上がった俺の耳に届くことはなく。

その日の夕方、俺は宣言通り染みのついた手紙をそのまま送り返すのだった。

国王の懐刀とも評されるオルト・ウィンダムは、自室で頭を抱えていた。

実はつい先日、王家の諜報部隊より、魔王復活の兆しが見られるという情報が入ってきた。

魔王が復活すればソルスティア王国に攻め込んでくる可能性が高いため、一刻も早く対処しなければならない。

しかし、残念ながら魔王復活への対策に国力の全てを注げるわけではなかった。

厄介なことにここ最近、国内でも何やらきな臭い動きが見られるからだ。

王家の権威を貶めようとする反乱分子が、各地で次々と出現。

その規模から考えて、裏にはいずれかの貴族が関わっているとウィンダムは考えていた。

そのためウィンダムは国王の協力も得て、当主就任10周年パーティーに、疑わしい貴族を何名も招待することにした。

表向きはウィンダムを祝うための会だが、ウィンダム自身はこれを機に各貴族へ探りを入れるのが目的だった。

ウィンダムの狙いを知ってか知らずか、次々とパーティー参加を表明する返答が返ってくる。

しかしそんな中、返答の中に一つだけ理解できないものがあった。

レンフォード子爵からの手紙を見た瞬間、ウィンダムは驚愕に目を見開く。

「何だこれは！　私が送った手紙がそのまま返答だと!?　それも染みつきとは、いったい何を考えている！」

レンフォード子爵は、ほんの数か月前に当主になったばかりの少年。

こういった右も左も分からない新米領主には、他の貴族から怪しい声がかかることも多い。

そもそも先代の頃から評判のいい領主ではなかったこともあり、警戒していた一人だったのだが、まさかこうも分かりやすく敵意を示してくるとは……

ウィンダムが怒りを抱いていると、隣にいた執事が何かに気付いたのか「おや？」と声を出した。

「お待ちくださいオルト様、この染みの形……何かを示しているように思えませんか？」

「なに？」

染みの形がいったい何だというのか。

そう思いながらも、執事の意見を聞いて改めて確かめてみる。

すると、ウィンダムはすぐそのことに気付いた。

「これはまさか……マルコヴァール辺境伯の領地か？」

そう、なんと染みの形がマルコヴァール辺境伯の領地の形とピッタリ一致していたのだ。

辺境伯は人間界と魔界を隔てる『冥府の大樹林』に接する土地を治める大領主。

しかしその立地や幾つもの怪しい動きも相まって、最近では魔族との繋がりがあるのではないかと噂されている、最も警戒度すべき貴族の一人だった。

これは偶然か否か、判断に迷うウィンダムだったが――

続けて、執事が染みの部分を指さす。

「しかも、よく見てください。さらに染みがついた部分の文字だけを抜き出してみますと……

『家臣』『警戒』『ゲン』『えい』『手』……と読めますね」

「家臣に警戒だと？　それは辺境伯の家臣が何かを企(たくら)んでいるということか？　それに残りのゲン、えい、手はいったい何を指して――ハッ！」

ここでウィンダムは、ある答えにたどり着く。

「まさか『幻影の手』か⁉」

『幻影の手』とは、最近王都で名前を聞くようになった犯罪集団。

人と魔族が手を組み、もっぱらソルスティア王国の転覆をもくろんでいるという噂だ。

しかし今のところ噂ばかりが先行して実害はほとんどないため、対応の優先度は低いというのがウィンダムと国王の見解だった。

そんな、王都でも一部しか知らないような存在をなぜレンフォード子爵が知っており、なおかつ自分に伝えようとしているのか。

考えれば考えるほど、思考は渦を巻いてまとまらなくなってしまう。

そんなウィンダムに対して、執事が疑問を投げかける。

「そもそも子爵はどのようにして、これらの情報を入手したのでしょうか？」

ウィンダムは「ふむ」と、手を顎に当てて考える。

「普通に考えるなら、辺境伯に協力することで計画に必要な情報を共有してもらったのだろうが……辺境伯の老獪さを考えると、新米領主にこれほど重要な情報を教えるとはとても思えない。となると、レンフォード子爵が自らの情報網で手に入れたと考えるしかないが……」

そこまで考え、ウィンダムの体はぶるりと震えた。

（私や国王が力を尽くしても手に入れられなかった情報を、まだ幼い新米領主がたった一人で……？　さらにそれらの情報を暗号にして私に送るという徹底ぶり。この推測がすべて正しければ、レンフォード子爵はこの国の歴史を塗り替えるほどの策士に違いない！）

そして何より、決して悪を許すことのない勇敢さにウィンダムは感動した。

「いずれにせよ、これはレンフォード子爵なりの注意喚起と考えるべきだ。真偽はともかくとして、対応は必須。決して辺境伯の家臣から目を離さぬよう、警備兵に伝えておいてくれ」

「かしこまりました」

頷き、各部への伝達に向かう執事。

自室に一人残されたウィンダムは、レンフォード子爵の末恐ろしさに思わず笑みが零れるのだった。

それからおよそ1か月後。

開催されたパーティーにて、レンフォード子爵の予想は見事に的中した。

姿を変える魔道具で騎士団の一人に化けた辺境伯の家臣が『幻影の手』を名乗るとともに、複数の魔物を引き連れてウィンダムや国王に襲い掛かってきたのだ。

しかし事前にそれらを見抜いていた護衛騎士や警備兵により、完全なる無力化に成功。

結果的に誰一人として被害が出ることはなかった。

ただし、一つだけ心残りも存在する。

今回の主犯であろうマルコヴァール辺境伯だが、今回の一件は家臣の独断であり自分は計画に加担していないとしらを切られたのだ。

さらに、そもそも家臣の姿すら何者かが変装した後のものだったかもしれず、自分も被害者だと言い出す始末。

家臣は騎士に捕らえられると同時に自爆したため証拠は残っておらず、加えて何人かの貴族が辺境伯の肩を持ったこともあり極刑を免れることになった。

計画が失敗した時に備えて根回しもしていたとすれば、さすがの老獪さと言うべきだろう。

とはいえ、それでも国王からいくらかの処分が辺境伯に下されることは決定した。

さらに辺境伯の肩を持った貴族たちが現れたことで、おおよその反乱分子を把握することができたのは大きな収穫だ。

そして何より、ウィンダムとしては怪我人を一人も出さずに今回の騒動が片付いたことが、何よりの成果だと考えていた。

「……これは、レンフォード子爵に感謝を伝えなければな」

「そうですな」

今回の一件を振り返り、ウィンダム侯爵と執事が言葉を交わす。

彼らは本来のゲーム世界において、この襲撃による最大の被害者となるはずの二人だった。

この世界では隻眼にならずに済んだウィンダムは、未だ健在な執事を隣に控えさせたまま、恩人のことを考える。

その後、幾つもの事後処理を終えた国王に話しかけた。

「陛下に一つ、お伝えしなければならないことがございます」

「ふむ、何だ？」

「此度の襲撃を見抜いたうえで、私に情報を提供してくれた存在――そう、この国において最も勇敢で偉大なる策略家についてです」

そしてクラウスが何も知らないまま領地で高笑いをしている間に、不幸にもその名が国王のもとにまで届いてしまうのだった――

第六話　土地の守り神をぶっ殺そう！

クラウスに転生してから3週間が経過したある日。

領民の間になかなか悪評が広まらないことに対して、俺は不満を抱いていた。

「マリーに対する仕打ちや、ウィンダム侯爵への返答に関してはうまくいったと思ったんだがな……」

しかしよくよく考えてみると、それらは館内や領外で発生したイベント。

領民にとっては知る機会のない出来事だったのかもしれない。

こうなった以上、領民にも噂が広がるよう、より大きな悪事を行うしかないだろう。

「何か手っ取り早い方法はないか……ん、待てよ？」

そこで俺はふと思い出した。

先日、幾つものダンジョンを攻略するために領都付近を散策している際、やけに豪華な祠らしきものが置かれているのを見たのだ。

アレはきっと、この土地を守る神を祀るためのものに違いない。

領民が信仰している神の祠を壊してやれば、今度こそ彼らは俺に憎しみを向けることだろう。

さらに、他にも一つメリットが存在する。

以前からもしやと思っていたのだが、俺がどれだけ悪事を繰り返しても評価が上がってしまうのは、ステータスの幸運値が高い影響かもしれない。

ゲーム世界において、幸運値はスキルの成功率やアイテムの取得率に関わる項目でしかなかった。しかしゲームが現実となった今、その値がどう影響してくるかは分からない。

念には念を入れた方がいいだろう。

「祠を破壊して神の怒りを買うことができれば、おのずと幸運値も下がるはず……うん、まさに一石二鳥の方法だ！」

方針を決めた俺は、さっそく祠のある場所に向かうために執務室を飛び出す。

しかし、

「ご主人様？」

「いったいどちらに行かれるおつもりで？」

げっ。

運が悪いことに、さっそくマリーとオリヴァーに鉢合わせてしまった。

こんなことなら、窓から飛び出した方がよかったか。

とはいえ、この程度のことで方針を変えるつもりはない。

俺は狼狽えることなく、二人に堂々と告げた。

「重大な用事ができたのでそちらに向かう」

「なりません。今年は領内の作物の収穫量が著しく減少すると予測されており、そのための対策会議を開くと今朝お伝えしたはずです」

む、そう言われてみれば確かに、オリヴァーからそんなことを言われた気がする。

ただ、一度決めた以上、折れてやるつもりは毛頭ないが。

「会議までには戻る、それでいいだろう？」

「……でしたら、せめて私も付き添わせていただきます。よろしいですね？」

「ふむ、まあいいだろう」

祠を破壊した際、見物人がいた方が噂の広まりが早まると考えた俺は頷いた。

「で、でしたら私も……」

「いえ、今回は私とクラウス様だけで出ます。マリーは会議の準備を手伝ってください」

「……分かりました」

同行をオリヴァーから断られ、しゅんとするマリー。

外に出た際にお披露目したい暗殺術でもあったのだろうか。

いずれにせよ、俺とオリヴァーは二人で祠に向かうのだった。

歩くこと30分、俺たちは目的地にたどり着いた。

まるで草花が枯れ切ったかのような荒野の真ん中に、ポツンと豪華な祠が建っている。

このアンバランスさは気になるが、まあファンタジー世界とはそういうものだろう。

以前見つけた際も、その存在感には目を奪われたというものだ。

「く、クラウス様⁉　いったいここで何をされるおつもりなのですか？」

ようやく俺の狙い（ねら）を少しは察したのか、オリヴァーは震える声でそう尋ねてくる。

ふむふむ、いい反応だ。まさか自分が仕える当主が土地の守り神に手を出そうとは思いもしなかったのだろう。

ただし俺は、言葉で答えてやるほど親切ではない。

俺は右手を前に差し伸べると、返答代わりの一撃を放つ。

「【炸裂する爆炎（プロミネンス・バースト）】」

直後、祠がドカーン！　という爆音とともに爆散する。

うんうん、爽快爽快（そうかい）！

満足しながらその光景を眺めていると、オリヴァーは普段の仏頂面（ぶっちょうづら）をどこにやったのか、ポカーンと間抜けな表情を浮かべていた。

「そんな馬鹿（ばか）な……こんなことをしてしまえば、もうレンフォード領に明日は来ませんぞ……！」

素晴らしいリアクションを見せてくれるオリヴァー。

さすがに年の功があるおかげか、場の盛り上げ方をよく知っている。

やっぱりオリヴァーを連れてきたのは正解だったなと確信した、その直後だった。

『クハハハ……よくぞ我の封印を解いてくれたな？』

「ん？」

変な声が聞こえたので祠に視線をやると、爆風の中から一体の禍々（まがまが）しい存在が現れる。

どうやらアレが、この祠に祀られていた神らしい。

まさか本体まで登場するとは、さすがにこれは予想外だ。

──だが、これはこれでちょうどいい。

神は祠を破壊されたことにお怒りなのか、両手を天に上げ、魔力で真っ黒な球体を生み出す。

『貴様には感謝しよう、名も知らぬ愚者よ。せめてもの慈悲として一撃で葬り去ってやる。しかと聞け！　我が名は邪（じゃ）し──』

「【地獄の業火（インフェルノ・フレイム）】」

『──え？　ぐぎゃぁぁぁあああああああ！』

神が何かを言おうとしていたが、面倒だったので聞き終える前に魔術を放ってしまった。

まあいいか、今から倒す神のことなんて特に興味ないし。

すると漆黒の炎の中、もがき苦しむように神が手を伸ばしてくる。

『ま、待て！　落ち着け！　我を助けてくれたら貴様と契約してやろう――』

「【地獄の業火（インフェルノ・フレイム）】」

『ぎゃぁぁぁ！　な、何でもする！　許してくれるなら何でも――』

「【地獄の業火（インフェルノ・フレイム）】」

『ぎぃやぁぁぁあああああ！』

そんな感じで、何やらしぶとい神に魔術を放ち続けること10分。

『あり、えん……まさか序列一桁（けた）の我が、このように呆気（あっけ）なくやられるなど……』

この土地を治める守り神（？）は、ようやく捨て台詞（ぜりふ）とともに消滅してくれた。

ふー、疲れた疲れた。全力の100メートル走くらい疲れた。

「それじゃ、終わったし帰るか」

振り返りオリヴァーにそう告げると、彼は未（いま）だに呆然（ぼうぜん）としていた。

「クラウス様……貴方（あなた）というお方は……」

そしてようやく俺の悪行の恐ろしさが分かったのか、ぷるぷると身を震わせながらそんなことを呟（つぶや）く。

うんうん、これで家臣からの信頼も地に落ちたことだろう。

まさに最高の展開だ！

満足した俺は後ろにオリヴァーがいるにもかかわらず、「はーはっはっは！」と高らかに笑いながら、館（やかた）に帰還するのだった。

数刻前。

レンフォード家に仕える執事オリヴァーは、部下の報告を聞き頭を抱えていた。

何でも今年は領地に魔力が行き届いていない影響で、農業・漁業ともに調子がよくないとのこと。

このままでは飢饉（ききん）になる恐れすらある。

そしてこの問題は、オリヴァーがレンフォード家に仕えるようになった先々代の頃（ころ）から度々発生するものでもあった。

「これも全（すべ）ては、あの厄介な存在のせいですな」

原因に心当たりがあったオリヴァーは思わずそう呟いてしまうも、すぐに首を横に振る。

自分ではどうにもできない問題のため、いま考えても仕方ないと思ったからだ。

「と、そろそろクラウス様のもとに参らなければ」

オリヴァーは意識を切り替えると、クラウスのいる執務室に向かった。

「重大な用事ができたのでそちらに向かう」

執務室から姿を現したクラウスは、開口一番にそう言った。

最近、クラウスがよく一人で出かけているのはオリヴァーも把握していた。

しかしそのたびに町の犯罪組織を壊滅させるなど、領民の評判を上げて帰ってくるので、基本的には放っておくべきだと考えていた。

だが、今日は既に会議の予定が入っている。

そのことを伝えるも、クラウスは外出を止めるつもりはないようだった。

（近頃は立派な領主になられたと思いましたが、まだまだ我が儘なところは残っているのですね）

これも若さゆえだろうが、それを支えることこそ執事の務め。

そう考え、オリヴァーはクラウスに同行することを申し出た。

――その後に待ち受ける、衝撃的な出来事を知る由もないまま。

30分後、クラウスに連れられてやってきたのは一面に広がる荒野だった。

（ここはまさか……！）


その荒野の中心には祠が建っており、オリヴァーはその存在をよく知っていた。

なにせその祠が作り出された際、その場にはオリヴァーもいたのだから。

あれは遡（さかのぼ）ること30年前、まだオリヴァーが先々代の領主に仕えていた時のこと。

先代とは異なり、先々代は民のことを思いやる素晴らしい名君だと評判であり、そんな領主に仕えられることをオリヴァーも誇りとしていた。

そんなある日のこと、領地にいきなり邪神が現れた。

邪神の手によって今にも領地が滅ぼされそうな中、先々代は自ら前線に出て戦い、最後は何とか封印することに成功した。

結果的に領地の破滅こそ免（まぬが）れたが、その代償として封印の維持には地脈から流れる質のよい魔力が大量に必要だった。

そのため他の土地や海に流れる魔力は減り、収穫量も落ち込んでいったというのが、当時から続くレンフォード領最大の問題でもあった。

そんな事情を知っているからこそ、オリヴァーはクラウスの意図を測りかねてしまう。

「く、クラウス様⁉　いったいここで何をされるおつもりなのですか？」

もしオリヴァーが想像している通りなら、それはあまりにも無謀。

何せここに封印された邪神は、先々代と当時のレンフォード騎士団が総出でも倒しきれなかった怪物なのだから。

「【炸裂する爆炎（プロミネンス・バースト）】」

しかしあろうことか、クラウスはそのまま祠を破壊してしまった。

これにより封印が解かれ、邪神が復活することをオリヴァーは悟った。

「そんな馬鹿な……こんなことをしてしまえば、もうレンフォード領に明日は来ませんぞ……！」

絶望のあまり、呆然とすることしかできないオリヴァー。

『クハハハハ……よくぞ我の封印を解いてくれたな？』

直後、予想通り邪神が蘇（よみがえ）った。

かつてのトラウマがフラッシュバックして、死を覚悟するオリヴァー。

しかし――

「【地獄の業火（インフェルノ・フレイム）】」「【地獄の業火（インフェルノ・フレイム）】」「【地獄の業火（インフェルノ・フレイム）】」

『ぎぃやぁぁああああああ！』

――何が起こったのか、クラウスの魔術によって一瞬で邪神は消滅してしまった。

「それじゃ、終わったし帰るか」

クラウスはこれがどれほどの偉業か理解できていないようで、少しお使いに出た後のような気軽さでそう言ってのけた。

「クラウス様……貴方というお方は……」

ぶるりと、思わず体が震えてしまう。

ここ1か月、クラウスがどんどん成長しているのは肌で感じていた。

しかしこれほどの速度だとは、オリヴァーの目をもってしても見抜くことはできなかった。

オリヴァーはクラウスの背を見て、かつての主人を思い出す。

(クランデルタ様……貴方のご令孫は、貴方を超える素晴らしい君主になることでしょう)

そしてオリヴァーは、新たなる誇りを胸に荒地を後にする。

二人が去った直後、祠があった場所から小さな植物が芽吹くのだった。

守り神を祀る祠を破壊してから数日後。

俺はいつ、あの成果が出るのかとワクワクしながら待っていた。

そろそろ俺が守り神を殺したことが領民に広がり、非難の声が届いてくる頃だろう。

そんなことを考えていると、執務室をノックする音が聞こえる。

入室の許可を出すと、オリヴァーが中に入ってきた。

「クラウス様、一つご報告したいことがございます」

おっ、ようやく来たか。

恐らく、領民からの支持が落ちていることをオリヴァーは伝えに来たのだろう。

頑張った甲斐があったなと思いながらオリヴァーを見ると、彼はなぜかその場で頭を下げた。

……あれ？　なんかデジャヴ？

今にもこの場から逃げ出したくなっている俺に対して、オリヴァーは告げる。

「クラウス様、さすがでございます。先日の邪神討伐により魔力が領土全体に行き渡った結果、農作物や魚介類の収穫量が爆増し、領内の食糧問題がことごとく解決しました！」

……なんて？

「おい、邪神とは何のことだ？」

「もちろん、先日クラウス様が消滅させたあの存在でございます」

「…………」

「此度の活躍は既に領内全体に知れ渡っており、収穫量が増えたことにより領民たちから感謝の言葉と食材が次々と届いております！」

情報量の多さに困惑していると、もう一人部屋の中に入ってくる。

ついこないだ、俺が牢屋にぶち込んだシェフだった。

「どうも、シェフです」

どうもじゃねえ！

「領内から届いた新鮮な食材で幾つもの料理を作りました。ぜひ真っ先に領主様に召し上がっていただきたく、一同で全力を尽くしました！　ぜひ食堂へいらしてください！」

その後、俺は流れに飲み込まれるようにして食堂に行き、数々の料理を口にした。

そのどれもが新鮮さと豊潤さに満ち、悔しいことにこれまで食べてきた料理とは一線を画す美味しさだった。

腹が満ちたことで、ようやく頭が回るようになる。

くそっ、くそっ！

ちょっと守り神を殺して呪いをかけられると同時に、領民からの評判を落としたいと思っただけなのに……


何でこうなったぁぁぁあああ！


俺は涙を流しながら、料理を一心にかきこんでいく。

それを見たシェフたちはそれほど気に入ってくれたのかと勘違いし、これまた感動で涙を流すのだった。

第七話　魔物を町で暴れさせよう！

涙を流しながら美味しい料理をかきこんだ翌日。

俺はどんな悪行をしても善行と捉えられてしまうこの世界に怒りを抱いていた。

そして思い直す。

これまでの悪行には、まだ思い切りが足りなかったのではないかと。

「そう、必要なのはどんな相手であろうと傷つけるだけの覚悟。こうなった以上、もう容赦はせんぞ！」

改めて決意を固めていると、紅茶を持ったマリーが執務室にやってくる。

俺は状態異常耐性アップと熱耐性アップの魔術を発動した。

「ご主人様、紅茶でございます」

「ああ、そこにおいてくれ」

毒さえ気にしなければ、マリーの淹れる茶はなかなかにうまい。

ホッと一息ついていると、マリーは机に置かれた資料を見て反応する。

「こちらは、騎士団からの報告書ですか？」

「ああ、何でも近場の森に厄介な魔物の群れが出現したとのことだ」

魔物の名はギガホーン・ボア。イノシシの魔物で、特殊な魔力を帯びている巨大な角は、貫けぬものはないと言われているのだとか。その攻撃力の高さから通常個体でBランク、変異体にもなればAランクに指定されるほどらしい。

そんな魔物が森に複数体出現したため対処に当たるというのが、この報告書の内容だ。

俺にとってはまったくもって、どうでもいい内容で――ハッ！

「――そうだ！　その手があったか！」

そこで俺の脳裏に、天才的発想が閃いた。

一体のギガホーン・ボアを捕獲し、それを町の中心で解き放つのだ。

そして町のことごとくを破壊したタイミングで俺が姿を現し、諸悪の根源が誰であるかを領民に知らしめる。

これで間違いなく、俺に対する恐怖を抱かせることができるだろう。

もちろん、この作戦では町が破壊され修復に手間取るというデメリットはある。

が、何事であれリスクを許容しなければ先に進むことはできない。

そうと決まればさっそく――

俺はバッと立ち上がると、マリーに命ずる。

「これより森に向かう。オリヴァーが来たら適当に理由を話しておいてくれ」

「えっ⁉　ご、ご主人様⁉」

マリーの静止も聞かず、俺は窓から颯爽と飛び出す。

この前は扉から出てすぐオリヴァーと鉢合わせてしまったから、こうするのが一番なはずだ。

なお、俺がいなくなった後の執務室では――

「民に危険が及ぶ可能性があると分かるや否や、領主の身でありながら颯爽と駆けつけるそのお姿、しかとこの目に焼き付けました。やはりご主人様は最高に素晴らしいお方です！」

――なぜかマリーからの信頼度が上がっていたのだが、当然俺が知る由はなかった。


森にやってきた俺は、魔力探知を使い魔物がどこにいるか確かめる。

すると幾つもの戦闘の気配を感じることができた。

どうやら既に掃討は始まっているようだ。このまま後れをとるわけにはいかない。

そう思い駆けだそうとした直後のことだった。

「あれっ？　もしかして領主様でしょうか？　どうしてここに？」

意外なタイミングで声をかけられたため、視線をそちらにやる。

するとそこには鎧姿で兜だけを脱いだ、金髪のイケメンが立っていた。

誰だコイツ。

「誰だ、貴様は」

素直にそう尋ねると、金髪はビシッと敬礼する。

「私はレインと申します。普段は町で警備兵をしており、本日は要請に応じギガホーン・ボア討伐に参加しております。領主様からは以前、町で【クリムゾン】壊滅を命じられたこともあります」

「……なに？」

そこまで聞き、ようやく思い出す。

まだ転生して間もない頃、俺は町で泥棒の少年を捕らえた。

後にソイツが犯罪組織の幹部だと判明し、組織の滅亡に繋がったとして俺の評判が爆上がりするという悲しい大事件があったわけだが……

まさかこのレインという青年が、あの時の警備兵だったとは。

俺にとっては憎しみの対象であり罰を与えたいところだが、今はそんなことにかまけている余裕はない。

一刻も早く、ギガホーン・ボアを捕獲しなければ――

「ゴォォォオオオオオン！」

そうこうしていると、タイミングよく木々の間を抜けてギガホーン・ボアが俺たちのもとにやってきた。

それを見て、レインが血相を変える。

「何だコイツは⁉　この大きさ、変異体を超えた覚醒進化個体としか——」

「【意識絶つ電撃】」

レインの言葉を遮るようにして、俺は雷魔術を発動した。

迸る雷がギガホーン・ボアに直撃した結果、見事に意識を奪うことに成功する。

「なっ！　このサイズのギガホーン・ボアを一撃で無力化するとは、さすがでございます！」

レインはパアッと顔を輝かせた後、腰の剣を抜いた。

恐らくトドメを刺そうとしているのだろう。

俺はバッと手をかざし、レインを止めた。

「止めろ、ソイツは生かしたまま町に連れて帰る」

「生かしたまま……ですか？　この姿のまま連れて帰れば、市民が混乱に陥ると思うのですが……」

「問題ない、俺に考えがある」

「っ！　はっ、了解いたしました！　では、失礼いたします！」

そう言ってレインは、なんと一人でギガホーン・ボアの巨体を持ち上げた。

少々驚いたが、魔術で持って帰る手間が省けたため問題ない。

その後、すぐにレインのもとに伝達魔術で、ギガホーン・ボアを全て討伐することに成功したと連絡がきた。どうやらうちの騎士団は、思ったよりも優秀みたいだ。

「では帰るぞ」

「はっ！　領主様の活躍を知れば、町の皆は大いに驚くことでしょう！」

満面の笑みを浮かべ、嬉しそうにそう告げるレイン。

本来なら腹が立つところだが、今日のメインはここから。

俺がこのギガホーン・ボアを町に解き放った時、この顔がどう歪むか楽しみだ。


そんなことを想いながら、俺たちは町に帰還する。

するとどうしたことか、町の中心が騒ぎになっているようだった。

声の様子から察するに、少なくとも良いことではなさそうだ。

「どうしたのでしょうか、城壁の外まで声が届いていますが……」

「さてな」

疑問を口にするレイン。

対する俺は、ようやく俺にも運が回ってきたかと気分上々だった。

既に混乱の中にある町にギガホーン・ボアを投入してやれば、その絶望はさらに膨れ上がるだろう。

そんなことを考えながら城壁の門を開けようとした直後、その叫び声は聞こえてきた。

「だ、誰かー！　助けてくれー！　突然町の中心にSランク魔物イージス・バードが現れた！　イージス・バードは特殊な魔力で体が覆われていて通常の攻撃を一切通さない！　コイツの魔力を突破できるとしたら、角に特殊な魔力を纏うギガホーン・ボアの覚醒進化個体しかいないが、そんなのが都合よく現れてくれるはずがない！　それは分かっているが、とにかく誰か助けてくれーー！」

その叫び声を聞いた瞬間、俺の脳裏に数刻前の光景がよぎった。
先ほどは聞き流したが、確かレインは捕らえたギガホーン・ボアを見て覚醒進化なんたらと言っていたはず。

今までの経験上、このままでは流れが悪い。

俺はその場で反転すると、そのまま町を離れようとする。

しかしそんな俺を止めるように、なんとギガホーン・ボアを担いだレインが立ちふさがった！

「なるほど！　なぜ領主様が自ら討伐に参加されたのか疑問に思っておりましたが、初めから全て読んでいたのですね！　ギガホーン・ボアの群れの中に覚醒進化個体がいることから、イージス・バードが町を襲いにくることまで！　全ては領主様の手のひらの上だったということ……このレイン、あまりの衝撃に心から震えております！」

そう言いながら、レインはギガホーン・ボアの巨体を全力で放り投げた。

ギガホーン・ボアは城壁を飛び越え、町の中心に落下していく。

直後、ドカーン！　という落下音が町いっぱいに響いた。

「…………」

なぜ、またしてもこうなるのか！

俺は全てを諦(あきら)め、門の上に移動して町を見下ろす。すると町の中心では、意識を取り戻したギガホーン・ボアとイージス・バードによる激闘が繰り広げられていた。

「なんだ⁉　突然空から何かが降ってきたかと思えば、まさかギガホーン・ボアの覚醒進化個体か⁉」

「おい見ろ！　二体の魔物が互角に渡り合っているぞ！」

「いや、もう決着がつく！　相打ち！　相打ちだ！」

「こんな救いがあるだなんて……奇跡としか考えられないわ！」

相打ちにより二体が同時に崩れ落ちるのを見て、命が救われたことに歓喜する領民たち。

そんな彼らに水を差す存在がいた。

「否！　これは決して奇跡ではありません！」

レインは何を考えたのか俺の横に立ち、大声でそう叫ぶ。

コイツ、まさか……！

「そのギガホーン・ボアは、イージス・バードの襲撃を予測した領主様が自ら捕らえて、ここに運んでこられました！　私たちの命が今も健在なのは、全て領主様のおかげなのです！」

予想通り、レインはとんでもないことを言ってのけた。

くそっ、こんな展開になるならやっぱり逃げておけばよかった！

後悔に苛まれる俺に対し、領民の声が次々と届く。


「「「領主様、本当にありがとうございます！」」」


……くそっ、またこうなるのか！

最初こそ運命を呪う俺だったが、彼らの言葉を聞くにつれ徐々に怒りが沸き上がってきた。

――そうだ、俺は最初から選択肢を間違えていた。

魔物に町を破壊させたうえで、黒幕として現れようという回りくどい手段こそが全ての敗因だったのだ。

こうなった以上、この手で直接町を破壊するしかない！

そんな決意のもと、俺は右手を高く掲げて魔力を集める。

それを見て領民たちは、自分たちの感謝の言葉に俺が応えてくれていると勘違いし盛り上がっていた。

ふふふ、今に見ていろ。

その歓声を、すぐ阿鼻叫喚(あびきょうかん)に変えて見せようではないか。

そんな俺の異変に気付いたのは、隣に立つレインだけだった。

「領主様、それだけの魔力を集め、いったい何をなさるおつもりで……」

俺の手の上に集う禍々(まがまが)しい魔力を見て狼狽(うろた)えるレインに、俺は微笑(ほほえ)みを向ける。

「なに、まだ火葬が済んでいないと思ってな」

「火葬？　まさか……！」

レインはようやく俺の狙(ねら)いを見抜いたのか、驚愕(きょうがく)に目を見開くが、もう遅い。

「【地獄の業火(インフェルノ・フレイム)】」

俺は漆黒の炎を、二体の死体が転がる町の中心目掛けて放った。

が、その直後——

『ピィィイイイイ！』

「——は？」

あろうことか死んでいたはずのイージス・バードが起き上がり、空高く飛翔(ひしょう)する。

刹那(せつな)、黒炎はイージス・バードに直撃し、その身を燃やし尽くしてしまった。

空中で接触したことで、残念ながら町には被害が及ばず終わる。

「…………」

呆然（ぼうぜん）とする俺の横で、レインが沸く。

「やはりそうか！　領主様だけが、まだイージス・バードに息があることを見抜いていたのですね！　さらに弱っていたとはいえ、あの魔力の鎧を貫いてしまうとは……先見の明だけでなく、魔術の才まで突出されている！」

レインの言葉を聞いて何を勘違いしたのか、領民たちの歓声がより一層強くなる。

そんな喝采（かっさい）の中、俺だけが一人、絶望感のただなかにいた。

なぜ、なぜ、なぜなんだ！

ちょっと魔物を町にけしかけて破壊しようとしたり、それが無理なら俺の手で自ら魔術を放とうとしただけなのに！

何で、こんなに不幸な目に遭ってしまうんだ！

俺は今回の敗北を察し、踵（きびす）を返す。

そしてどうしても我慢できず、いずれ復讐（ふくしゅう）を成し遂げてみせるという強い決意とともにこう叫んだ。

「貴様ら！　今回のことは絶対に覚えておけ！　忘れることは決して許さんぞ！」

まるで負け犬の遠吠（とおぼ）えのようになってしまった俺のセリフに対し――

「「「はい！　このご恩、一生忘れません！」」」

——領民たちは満面の笑みでそう返してきた。

俺は領民たちの感謝の言葉を背に、怒りに震えながらその場を去る。

くそっ、くそっ、くそっ！

「何でこうなったぁぁぁあああ！」

第八話　騎士団を弱らせよう！

不幸にも領民に感謝されてから数日後。

俺は執務室で頭を抱えていた。

「くそっ！　どうして俺が動くと、常に結果がいいように受け止められるんだ！」

まるで俺をラスボスにはしないよう、謎の力が働いているとしか思えない。

どんなに手を尽くして周囲に被害を及ぼそうとしてもうまくいかない現状に、俺の心は追い詰められていた。

しかしここで、俺は発想の転換を行う。

「いや、待てよ……それならいっそのこと、俺が表舞台に出ない手段を選べばいいいんじゃないか？」

シェフを牢獄に入れた際も、泥棒の少年を捕らえた際も、魔物を町に解き放そうとした際も、俺が中心になって動いたからこそ、あんな結果になったと考えられる。

しかし、マリーが汚した招待状をウィンダム侯爵に送り返したことがあったが、それによって俺の評価が上がったという噂は聞こえてこない。

となると、途中に俺以外の別の存在を挟むことによって、運命の強制力を回避できる可能性が高い。

「そうと決まれば、次は具体的な方法だな」

俺は計画に巻き込む共犯者を誰にするか考え始める。

この計画が成功すれば、俺だけでなく共犯者の評判も地に落ちることだろう。

となると、俺が憎しみを抱いている相手を巻き込むことができれば、同時に復讐もこなせるということ。

まさに一石二鳥だ。

「ん？　これは……」

ふと机の上を見ると、騎士団からの報告書が目に入った。

先日のギガホーン・ボア捕獲に関する事後報告が書かれているようだった。

そうだ、思い返してみればあの日、俺が領民から感謝される羽目になったのも、そもそも騎士団の報告書を見たことがきっかけ。

すなわち、全部騎士団のせいと言えるだろう。

ちなみに騎士団の正式名称はレンフォード騎士団といい、俺が直轄する組織である。騎士団の中には貴族も数多く存在し、その辺りはほとんどが平民の警備兵とは少し違っている。

いずれにせよ領主直属の配下にもかかわらず俺に迷惑をかけるとは、許しがたい奴らだ。

「よし、決まりだな。共犯者は騎士団にしよう」

共犯者選びが終わったところで、最後に具体的な作戦を考える。

騎士団に復讐すると同時に、俺の評判を下げる革命的方法は何かないだろうか。

騎士団の者たちが誇りとし、さらに民から信頼を向けられる理由はその強さにある。

ということは、その強さという牙城（ピース）を崩すことが今回の計画成功に繋（つな）がるはずだ。

作戦内容をより詳細にいうと、何らかの手段で騎士団の戦力を削（そ）いだうえで、重大な作戦に向かわせる。

するとどうなるか？　当然作戦は失敗する。

騎士団への信頼がなくなるとともに、それを命じた俺の評判は今度こそ地に落ちることだろう。

「ふはははは！　いいぞ、考えれば考えるほど素晴らしい作戦だ！」

俺はひとしきり高笑いしたのち、騎士団の駐屯地に向かうのだった。

レンフォード騎士団の団長を務めるローラ・エンブレスは、もともと領地すら持たない弱小貴族の娘だった。

しかしながら武術の才に恵まれ、20代前半という若さにして団長の座についた。

剣を振るい、民を守ること。それだけを目標に日々修練を重ねることで、他の中小領地に比べて非常に高い戦力を維持してきた。

そのことがローラにとって何よりの誇りでもあった。

だからこそ、領主のクラウスから『1か月間の強制休暇を与えるとともに、その期間は一切の訓練・戦闘禁止』が命じられた時は驚きに目を見開いた。

「なぜだ⁉ 私たちの戦力が維持されているのは、日々の厳しい訓練があってこそ！ それを禁ずるなど、領主様はいったい何を考えているんだ⁉」

憤慨するローラだったが、そんな彼女に賛同してくれる声はごく少数だった。

多くの者が突然与えられた長期休暇に喜び、だらしない日々を送り始める始末。

さらには、

「まあまあ、領主様の命令なんだし、何か意味があるんでしょうよ」

「そうですよ。先日のイージス・バードだって、領主様の機転がなければ町が崩壊していたかもしれないんですから」

「団長もこれを機に、少しは休むことを覚えましょうよ」

他の団員たちは盲目的にクラウスのことを信じきっていた。

確かにクラウスはここ最近、数々の素晴らしい手腕によって領民のためになることを行ってきた。

しかし、だからといってこの命令に何かの意味があるなど、ローラにはとても信じることができなかった。

「私たちがくつろいでいる間に、敵が攻めてきたらどうするんだ？　警備兵だけで町を守るのは不可能だろう！」

そう考え、ローラは度々一人で剣を握り、極秘で特訓を行おうとした。

しかしそのたびにタイミング悪くクラウスが現れるせいで、それすらも叶わなかった。

周囲は領主を素晴らしいお方だというが、ローラだけはクラウスが悪意を持って自分たちに接しているとしか思えなかった。

「いったい、この領地はどうなってしまうんだ……」

空を見上げ、絶望の言葉を零すローラ。

しかし、それから1か月後。

クラウスの命令の裏にあった真の狙いを理解し、ローラは思い知ることになる。

クラウスが偉大なる領主であると同時に、稀代の策略家であったということを！

――クラウスから『1か月間の強制休暇、および一切の訓練・戦闘禁止』が命じられてから1か月が経過した。

その間、本当にローラたちは一度として訓練や戦闘を行うことはなかった。

疲労や怪我(けが)から回復できたという恩恵はあったものの、運動不足や暴飲暴食によって多くの団員がぷくぷくと太り、戦闘の勘まで失っている始末。

ここから元の状態に立て直すまで、はたしてどれだけの時間が必要になるだろうか。

「やはり、領主様の命令に意味があったとはとても思えん……」

絶望に頭を抱えるローラ。

そんな時、顔色を変えた一人の団員がローラのもとにやってくる。

「団長、大変です！」

「どうした？」

慌てようからして魔物の群れでも現れたのだろうか。

だとしたらまずい。今の状態の自分たちでは、どれだけ戦えるか分からない。

そう不安を抱くローラ。しかし次に団員の口から飛び出してきたのは、その最悪の想定すらも軽々と飛び越えたものだった。

「それが……町になんと、魔王軍幹部を名乗る男が現れました！」

「何だと⁉」

魔王軍幹部。

その情報が正しければ、間違いなくイージス・バードやギガホーン・ボア（覚醒進化個体）以上の強者。

状況は一刻を争う。

ローラは剣を握りバッと立ち上がると、音声拡散魔術を用いて駐屯地全体に指示を送った。

「騎士団総員、今すぐ準備を整えて町に向かうぞ！」

不幸中の幸いか、昨日が休暇期間最終日だったこともあり、今日は駐屯地には全団員が集結していた。

もちろん魔王軍幹部に対して、騎士団一つでは敵わない可能性の方が高いだろう。

それでも、剣を振るい国を守るのが自分たちの使命。ここで逃げるわけにはいかない。

ローラは覚悟を決め、魔王軍幹部のもとへ向かった。

すぐに町に向かったローラだったが、意外にもまだ被害はほとんど出ていなかった。

ただ残念ながら、敵が来たという情報は本当のようだった。

頭に角を生やした黒髪の男が町を見下ろすように空高く飛んでおり、気味の悪い笑みを浮かべながらローラたちを見下ろす。

ローラは剣を男に向け、力強く叫んだ。

「私はレンフォード騎士団団長、ローラ・エンブレス！　貴様は何者だ！」

「これはこれは、ご丁寧な自己紹介をどうもありがとうございます。それではこちらも改めまして。私の名はフレクト、魔王軍幹部の一人でございます」

（くっ！　この禍々しいオーラ、間違いなく本物だ！　それにフレクトだと⁉）

その名には聞き覚えがあった。ソルスティア王国の各地に度々現れ、そこに暮らす強者を次々と殺している実力者だと聞いている。

しかし名前以外の素性は謎に包まれており、どんな能力を持っているかすら判明していない厄介な敵だ。

そんな輩が、まさかレンフォード領にやってくるとは。

強力な魔術の使い手という噂のクラウスに救援を頼もうにも、本日、クラウスは町の外に出ているという話だ。

ローラたちだけで、この強敵から町を守る必要がある。

ローラは唇を嚙みながら、少しでも情報を入手するべく言葉を返す。

「フレクト！　貴様はなぜこの領地にやってきた⁉」

「いえいえ、何でもこの領地に封印されていたはずの邪神が倒されたという話を聞きましてね。我が主の復活が迫る中、不穏分子は早めに片付けておいた方がよろしいでしょう？」

「……貴様一人で、私たちに勝てるとでも言うつもりか？」

「ええ、もちろんでございます。それではそろそろお披露目といきましょうか」

フレクトはそう言いながら、両手をローラたちに向ける。

攻撃を仕掛けてくる合図だ。

「攻撃が来るぞ！　総員、防御態勢を取れ！」

「「はっ！」」

その対応を見て、フレクトはさらに笑みを深める。

「クフフ、哀れですね。その程度で私の魔術を防げると考えているとは」

「どういう意味だ？」

「私の魔術は普通の魔術ではありません。そのような防御、一切意味がないのです」

フレクトの両手に禍々しい漆黒の魔力が集う。

「この魔術の効果はたった一つ。それは対象者がこの1か月間に受けた痛みを同時に蘇らせるというもの。痛みというのは魔物に与えられた傷から、ただの筋肉痛にまで及びます。それら一つ一つは大したことがない痛みだったとしても、1か月分に膨れ上がった苦しみは、並大抵の者に耐えられるものではありません」

「なっ……！」

ローラは衝撃に目を見開いた。

確かに激しい訓練をした後は、立ち上がることすらままならないほどの筋肉痛に襲われることがある。魔物に与えられた傷の痛みともなれば、言うまでもないだろう。

それらの痛みを1か月分合わせたものが与えられるなど、考えるだけでも恐ろしい。

対象が実力者であればあるほど、その効果は膨れ上がるだろう。

フレクトがこれまで数々の強敵を倒してきた理由がよく分かった。

(くそっ、どうする⁉)

撤退しようにも、それを許してくれる相手ではない。

フレクトは漆黒の魔力を騎士団全員に浴びせるように解き放った。


「さあ、自らの痛みを思い出しなさい――【蘇りし苦痛(リバイヴ・ペイン)】!」

その魔力を浴び、誰もが苦痛を覚悟し目をつむる。

しかし――

「あ、あれ……? 何も起きないぞ?」

「でまかせだったのか⁇」

「うっ、腰痛が……!」

――どういうわけか、ほとんどの団員たちが苦しむことはなかった。

この結果に混乱しているのはローラたちだけでなく、フレクト本人もだった。

「なっ⁉　【蘇りし苦痛（リバイヴ・ペイン）】が効いていない⁉　ありえません！　それともまさか貴方（あなた）たちはこの1か月間、何の痛みも味わっていないとでも言うのですか⁉」

フレクトの叫びを聞き、ローラはようやく状況を理解した。

（そうか！　私たちはこの1か月間、戦闘も訓練もしておらず痛みからはほど遠い生活を送っていた。そのために奴の魔術が効果を発揮しなかったのだ！）

確信とともに笑みを浮かべるローラ。

今なら十分、フレクトを倒せる可能性がある。

問題があるとすれば、自分たちが万全の状態ではないということだが……

急いで策を考えるローラ。

しかし、意外にもフレクトはすぐに落ち着きを取り戻した。

「仕方ありません、奥の手を使いましょう。まさか、このような辺境の地で初めてこの魔術を使うことになるとは思いませんでしたよ」

「まだ隠し玉があるというのか⁉」

「ええ、これこそ正真正銘、最後の切り札。痛みを蘇らせることで無力化するのではなく、敵から生命力を奪うことで無力化する禁術です」

そう言ってフレクトは、純白の魔力を再びローラたちに解き放つ。

「【生命力吸収（エナジードレイン）】！」

「――ッ！」

（体からエネルギーそのものが奪われるような感覚！　私は魔力耐性でなんとか抵抗できているが、他の団員たちはまとめてやられてしまうに違いない――）

危機感を抱きながら周囲を見渡すローラ。

しかしそこにあったのは、彼女が予想していたのとはまったく異なる光景だった。

団員たちは気力を奪われて倒れるどころか、先ほどまでと比べて気力に満ちた万全の状態になっていた。

「うおぉ！　何だこれ、重かった体が一気に軽くなったぞ！」

「体の奥底から力が湧（わ）いてくる！」

「うっ、腰痛が……」

その光景を見たフレクトが驚愕（きょうがく）の声を上げる。

「あ、あああ有り得ません！　【蘇りし苦痛（リバイヴ・ペイン）】に続いて【生命力吸収（エナジードレイン）】まで防がれるなど！　まさか、この状況を想定して準備していたとでも言うのですか⁉」

（っ、そうか！）

ローラは遅れて理解する。

フレクトが使用した魔術は生命力（エネルギー）を奪うというもの。

なら、対象者の生命力（エネルギー）が有り余っていたとしたらどうなる？

答えは簡単。過剰分だけが吸収され、逆に万全の状態に整えられることだろう。

団員たちはこの1か月間、暴飲暴食を繰り返すも戦闘で発散することはできなかったため、エネルギー(カロリー)がその身に蓄えられていた。

そのため、フレクトの魔術によってダイエットに成功してしまったのだ！

（まさか……これを全(すべ)て、領主様は初めから想定していたというのか⁉）

偶然ではとても片付けられない出来事の連続に、ローラの体はぶるりと震えた。

クラウスは1か月前の段階からフレクトが攻め込んでくるという情報を入手するとともに、その能力すら見抜いていたに違いない。

そしてクラウスの命令の裏には、初めからフレクトの【蘇りし苦痛(リバイヴ・ペイン)】と【生命力吸収(エナジードレイン)】を無効化する意図があったのだ。

（なんてお方なのだ、私たちの主は！　それなのに命令に意味がないなどと文句を言ってしまうとは……愚かなのは私の方だった！）

いずれにせよ、状況は整った。

ローラはフレクトに剣を向け、団員たちに指示を出す。

「総員、突撃！」

「「「はっ‼」」」

「ま、待ってください！　私はこんなところでやられるわけには――」

その後、騎士団総出で仕掛けることにより、なんとも呆気なくフレクトの捕獲に成功した。

フレクトの強みはその特殊性だったようで、戦闘能力自体は大したことがなかったのだ。

魔王軍幹部を捕らえ、歓喜する団員たち。

しかしそれは全てクラウスの策があってのことだと、この場にいる全員が理解していた。

「さあ皆、この勝利を領主様に知らせるまで、決して気を抜くんじゃないぞ！」

「「「はい！」」」

ローラの言葉に対し、力強く頷く団員たち。

ローラは空を見上げ、ここにはいないクラウスに思いをはせる。

（貴方様は間違いなく偉大なる領主であると同時に、稀代の策略家……私が生涯をかけてお仕えすべきお方です！）

それから数時間後、町に帰ってきたクラウスに今回の一件を報告する。

報告を聞いたクラウスはなぜか涙を流していたが、それはローラたちが彼の期待に応えたことを心から喜んでくれているからだと、ローラは確信するのだった。

第九話　つかの間のデート……？

～それは、騎士団に休暇命令を出した1か月間の出来事～


レンフォード騎士団長のローラに休暇命令を出した数十分後。

俺は自室にて、今後すべきことについて考えていた。

「騎士団に休むよう命じたのはいいが、その間に魔物が襲撃してきたら全てがおじゃんになるからな。その対策も考えておかなければ」

パッと思いつくのは警備兵に任せることだが、残念ながら警備兵の実力は騎士団より数段低い。強力な魔物が襲撃してきた際には対応できず、必然的に騎士団が出ることになるだろう。

こうなってしまったからには仕方ない。

「事前に俺自ら、周辺の魔物を掃討しておくべきか」

いささか面倒だが、他にも利点がないわけではない。

以前に幾つかのダンジョンを攻略して以降、なかなかまとめてレベルアップする時間が取れなかった。

が、この機会に強力な魔物を中心に討伐していけば、ある程度はレベルも上がるはずだ。

「よし、そうと決まれば――」

「失礼します」

立ち上がり館を出ようとする俺だったが、タイミング悪くマリーがやってくる。

マリーは立った状態の俺を見て小首を傾げた。

「ご主人様？　どうなさったのですか？」

「……ふむ」

さて、どう誤魔化したものか。

1日や2日なら適当な理由で何とかなるが、今回の計画は1か月にも及ぶ。

ずっと同じ言い訳で押し通すわけにはいかないだろう。

……いや、待てよ。

俺はある考えが浮かび、マリーに視線をやった。

俺がマリーを専属メイドに迎え入れた理由は、いずれやってくるであろう暗殺者に備えて対応力を身に付けるため。

しかし最近は状態異常耐性も熱耐性もカンストした感があったため、特訓にならなかった。

この状況を改善するにはマリー自体を鍛えるしかない。

というわけで、俺はマリーに手を差し伸べる。

「よし、マリー。お前も来い」

「え、えぇえ⁉」

俺は困惑するマリーの手を掴むと窓から飛び出し、風魔術でそのまま近くの森に向かった。

森に着いてからも、マリーは混乱しているようだった。

「ご、ご主人様、ここはいったい？」

「知らないか？　領都近くの森だ。この辺りにいる魔物を少し倒そうと思ってな」

「そ、それは分かりましたが、なぜ私まで連れてこられたのでしょうか？　ご主人様のそばにいられることは嬉しいですが、私ではとてもその真意を測ることができず……」

ふむ。

まあ、疑問に思うのも無理はないか。

「簡単なことだ。魔物は俺だけじゃなく、マリーにも魔術で倒してもらおうと思ってな」

「なるほど、私も……って、えぇえ⁉　む、無理です！　私はこれまで魔術なんて使ったことはありません！」

「問題ない。マリー、貴様には魔術の才能があるはずだからな」

「……え？」

そう教えてやると、マリーはきょとんとした表情を浮かべる。

なぜ俺がそんなことを知っているのか不思議に思っているのだろう。

しかし、これにはちゃんとした根拠が存在する。

――その根拠とはずばり、マリーの黒髪だ。

ここで改めて、ソルスティア王国における黒髪の扱いについて振り返ろう。

黒髪持ちが魔族の血を引いていると言われる理由だが、それには見た目以外にもう一つ大きな理由があった。

というのも、基本的に人間の髪色は魔力の性質によって決まることが多い。

そんな中、髪を黒く染める魔力の波長と、魔族の持つ魔力の波長は非常によく似ているのだ。

そのため黒髪持ちと魔族は同じ系譜(けいふ)であると勘違いされてきた。

そしてここからが重要な点。

彼らの魔力は通称『黒の魔力』と呼ばれているが、『黒の魔力』の持ち主は固有魔術に目覚めることが多いとされている。

だからこそ魔族には特殊な力を持っている個体がかなり多いのだが、それはマリーにも同じことが言える。

しっかりと鍛え上げれば、かなりの実力者になる可能性が高い。

「詳しい説明はまた今度だ。とりあえず、その辺りにいる魔物から倒していくぞ」

「ご主人様の命令ならば従いますが、どのようにすればいいか……」

「問題ない、俺が魔術の使い方をその身に叩き込んでやる」

「そ、それはつまり……手取り足取り教えていただけるということでしょうか？」

「？　まあそうだな」

「分かりました！　頑張ってみます！」

なぜかは分からないが、突然やる気を見せるマリー。

まあ前向きになってくれるなら俺としても好都合だ。

それから俺はマリーに魔術の使い方を教え、実際に魔物と戦わせるのだった。


——数時間後。

「はあ、はあっ……ファイアボール！」

まだ掃討は始まったばかりだというのに、既にマリーは疲れ切っている様子だった。

とはいえ魔術を覚えた初日とは思えないほど順調に成長しているのは事実。

マリーに才能があるという俺の予想は正しかったようだ。

ひとまず休憩を与えてやると、マリーは疲れ切った目をこちらに向けてくる。

「も、申し訳ありません。ご主人様の手で教えていただいているというのに、このような姿をお見せしてしまって」

「気にするな、今のところは順調だ」

「……しかし、なぜここまでして私を鍛えてくださるのでしょう？　力のある部下を求めるなら、既に騎士団の皆様がいらっしゃいます。私が努力したところでお役に立てるとはとても思えないのですが……」

ふむ。どうやらマリーは、俺が彼女を鍛えている理由が分かっていないらしい。

まあ、魔術を覚えることで暗殺に活かしてほしいと俺が思っているなど、普通は想像もできないか。

しかし、それで自信をなくしてしまっては困る。

ラスボスが暗殺でやられてしまうラストシーンなど、興ざめもいいところだからだな。

そうならずに済むよう、マリーにはしっかりと俺の特訓相手にふさわしい実力を身に付けてもらわなくては。

「何を言っている、マリー」

「え？」

だからこそ俺は、まっすぐにマリーの目を見つめて告げた。

「お前には（俺の暗殺対応力を鍛えるため）これからもずっと俺のそばにいてもらう。そのためには、しっかりと（暗殺）魔術を身に付けてもらわなければな」

「ふえっ⁉　そ、それって……！」

俺の発言に対し、マリーはなぜか顔を真っ赤にして下を向く。

いったいどうしたのだろうか？

（いや、待てよ……そういうことか！）

一瞬だけ疑問に思うも、俺の天才的頭脳はすぐさま正解を導き出す。

マリーは俺の暗殺を目標にしているというのに、俺は『これからもずっと俺のそばにいてもらう』と告げた。

これは彼女からしたら『お前ごときの技術では俺を一生殺すことはできない』と言われたのと同意。そのため、怒りのあまり顔が熱を持ってしまったのだろう。

だが、これはこれで悪くない結果だ。

俺に対する怒りが増せば、それだけ訓練にも身が入るはずだからな。

その証拠に――

「わ、分かりました！　ふつつか者ですが……このマリー、全身全霊で努力してご主人様の隣に立つにふさわしい存在となってみせます！」

――今の言葉によって、マリーの目にはやる気の炎が漲（みなぎ）っていた。

その熱量は俺をも圧倒させるほどだ。

なんならちょっと怖いまである。

「ま、まあ分かればいい。では、そろそろ休憩を終えて次に行くぞ」

「はい！」

その後、魔物討伐を再開する俺たち。マリーは疲労が溜まっているようなので、基本的には俺が中心となって行っていた。

なお、そんな俺の背後では……

「ま、まさかご主人様からこれほど熱く求めていただけるとは……いえ、本当は分かっています。私とご主人様は身分も何もかも違います、この想いが成就することはないでしょう。求められたのはきっとメイドとしての役割……だとしても求められた以上、全力で応えてみせましょう。一生ご主人様のそばに仕え、どんな不届き物からもご主人様をお守りできるように！　そしてあわよくば……」

……マリーがぶつぶつと何かを呟いているようだったが、小声のため聞き取ることはできなかった。

それから1か月、俺とマリーは魔物を討伐し続けた。

そんな中、様々な出来事に遭遇することとなり――

ある日のこと。

森で霜降り肉が絶品とされるメルティング・ポークを討伐した後、俺たちは休暇中の騎士団員に遭遇した。

（おっ、そうだ！）

いいことを思いついた俺は、彼らを呼び止める。

「貴様ら、この魔物を町まで運べ」

「は、はあ、かしこまりました。しかしその後はどうすれば……？」

「せっかくの機会だ、騎士団の者たちで分けて食すがいい。複数体倒したから、全員がたらふく食えるだけはあるはずだ」

「っ！　はっ、承知しました！」

騎士団員たちが喜んでメルティング・ポークを持って帰るのを見て、俺はほくそ笑む。

奴（やつ）らはいま戦闘と訓練を行っていない。そんな中、あれだけ高カロリーなものを食せば体はぷくぷくと膨れ上がり、戦闘力が落ちることだろう。

１か月後、無理難題な作戦を命じる際の布石となるはずだ。

俺はその完璧（かんぺき）な計画に、我ながら恐怖するのだった。


別の日。

街道に姿を見せた巨大なクマの魔物を倒すと、奥から商人の乗った馬車が現れた。

どうやら偶然にも、魔物に襲われている最中の商人を助けてしまったらしい。

「おお、どなたかと思えば領主様ではございませんか！　助けていただきまことにありがとうございます！」

さらになんということか、商人にお礼を言われてしまう始末。

このまま善人扱いされることを恐れた俺は、対価を要求することにした。

商人が最も大切にしているものといえば、やはり金だろう。

「何を言っている、礼はちゃんと貰うぞ」

「え、ええ、それはもちろん！　貴方様は命の恩人ですから！」

「通常、護衛を付ける時はどれくらい払うんだ？」

「それは、だいたいこの程度ですが……」

「では、その10倍を頂こう」

「なっ！」

商人は悔しそうな表情を浮かべるも、俺には逆らえないことを悟り、歯をギリギリと噛み締めながら金銭を差し出してくる。

俺はそれを受け取り、満足げに頷いた。

「よし、礼はこの程度でいいだろう。ああ、それからこの魔物についてもお前が処理しておけ（俺がするのは面倒だし）」

「っ!?　魔物とは、このシルキー・ベアのことですか!?」

「？　ああ（そんな名前だったのか）」

「か、かしこまりました！　それが領主様のご意思なら、ぜひ！」

商人はなぜか悔しそうな表情から一転、何かに驚いたような反応を見せた後、魔物を馬車に載せてその場を去っていく。

俺は善人ポイントを回避しつつ臨時収入を得たことに満足しながら、笑みを深めるのだった。


そしてまた別の日。

俺とマリーは趣向を変え、領都から少し離れたところにある湖にやってきていた。

湖に全力の雷魔術でも放てば、まとめて経験値が稼げるのではないかと思ったからだ。

「ん？　なんだ？」

しかし、そう考える俺の視界に意外な光景が飛び込んでくる。

近くの村に住む村民か何かだろうか、湖の前には30人近くが集まっていた。

彼らは両膝を地面につけながら、何かを祈るように両手を組んでいる。

その前には金属でできた何かが幾つか置かれていた。

まるで何かしらの儀式を行っているようだ。

もしかしたら彼らにとって、この湖は神聖なものなのかもしれない。

――もっとも、その程度で遠慮する俺ではないが。

「【地を割る落雷（エクスプロード・サンダー）】！」

俺がそう唱えると同時に空から巨大な雷が落ち、湖全体を電撃で満たした。

直後、湖の中にいた魔物たちがぷかぷかと水面に浮かび上がってくる。

うんうん、いい感じに経験値が稼げたぞ。

「何が起きた⁉」

「いきなり空から雷が！」

「まさかヌシが怒りでもしたのか⁉　どうか、お許しあれ……」

突然の出来事に混乱する人々。

するとその中の数人が、俺の存在に気付く。

「おい、あそこに人がいるぞ……って、もしかして領主様⁉」

「それより湖面を見ろ！　浮かび上がってきたあの巨大な姿は、まさかヌシの死体……」

「ヌシが死んだのか⁉　ま、待ってください！　どうかせめてお礼――」

どうやら何か文句を言おうとしているみたいだが、残念ながらこれ以上この場にいるメリットはない。

経験値を得て満足した俺は、そのまま領都に戻るのだった。

帰り道をたどりつつ、俺は隣にいるマリーを見る。

実はこれらの悪事を行っている時にも、マリーは常にそばにいた。

しかし意外なことに、俺のやることに対して何かを言ってきたりはしなかった。

そのことに疑問を抱いた俺は、改めてマリーに尋ねてみる。

「マリー、お前は俺が何をしているのか訊きたくなったりはしないのか？」

「気にならないと言えば嘘になりますが……私はご主人様のすることには全て意味があると理解しております。ですので、わざわざお尋ねする必要はございません」

「そ、そうか」

何やら不思議なオーラを纏うマリーの発言に圧倒されかけたが、文句を言ってこないのはこちらとしても楽なため気にしないことにしておく。

何はともあれ、こういった出来事を繰り返しているうちに、早くも1か月が経過するのだった。

レンフォード騎士団に『1か月間の強制休暇、および一切の訓練・戦闘禁止』を命じてから1か月後。

用事があって町の外に出ていた俺は、意気揚々と領都に帰っていた。

「ようやく昨日で騎士団に出した命令期間も終わった。これから奴らに無茶な作戦を命じて失敗させることにより、俺の悪名を轟(とどろ)かせられるんだ！　こんなもの、興奮せずにいられるか！　あーはっはっは！」

そんな風に高笑いしながら領都に戻ってきた俺だったが、町の中心からかなりの喧騒(けんそう)が聞こえてくることに気付く。

どうやら普段とは比べ物にならないほど賑(にぎ)わっているみたいだ。

どこか嫌な予感がしながらも、俺は町の中に入る。

すると、その瞬間——


「「「うおぉおおお！　領主様が帰ってきたぞぉおおお！」」」


——なぜか総出で集まっていた騎士団が、俺を見て一斉に歓声を上げた。

（なんだ!?　何が起こっている!?）

突然のことに困惑する俺の前に、騎士団長のローラがやってくる。

「ご帰還、お待ちしておりました主(あるじ)様！　主様のご指示通り、何とか魔王軍幹部の捕獲に成功しました！」

「……は？　魔王軍幹部？」

「ええ！　このローラ、此度の一件にて主様に感服いたしました！　幹部の襲来を予測するだけでなく、数少ない情報からその能力を見抜き、対応策まで出してみせる卓越した戦略眼！　まことに天晴でございます！」

ローラが何を言っているのか全く分からない。

が、どうやら俺が不在中に魔王軍幹部が襲来し、その捕獲に成功したらしい。

……いや、本当にどういうことだ⁉

予想外の事態に言葉を失っていると、メルティング・ポークを渡した騎士たちが前にやってくる。

「領主様、このたびはまことにありがとうございます！　領主様が施してくださったメルティング・ポークを食してエネルギーを蓄えていたおかげで、体重最適化による敵の魔術の無力化に成功しました！」

いや、ダイエットで無力化できる魔術ってなんだよ⁉

意味が分からなすぎる。もうこれはあれか、ドッキリか？　ドッキリだよな⁉

あまりの情報量の多さに、思わず立ちくらみがする。

すると、続けて俺が法外な金銭をせしめた商人が前に現れた。

「領主様の格別のご配慮、心より感謝いたします！」

「……何の話だ？」

「当然、領主様が格安で譲ってくださったシルキー・ベアについてです！　この魔物の毛皮で作られた衣類はまるで絹のような触り心地で最高だが、出現頻度が低く戦闘力も高いためめったに市場に出回らないといま王都で評判なのです！　おかげで売却の際、かなりの利益を出すことができました。お礼に半分ほど領主様にもお渡しするので、ぜひ今後ともよいお取引を！」

そう言って、商人は金貨袋を俺に手渡してくる。

……ってかもう、魔王軍幹部すら関係なくなってきたんだけど⁉

なんなのこの状況⁉

さすがにもうないよな……？　と思う俺の前に続いて現れたのは、湖で儀式のようなものをしていた男たちだった。

あれか？　あれだよな？

儀式を中断されたことに怒って糾弾しに来たとかだよな⁉

お願いだからそうだと言ってくれ！

だが、現実は非情だった。

「領主様、此度は我々の財宝をお守りいただきありがとうございます！」

「……ごほっ（吐血の音）」

「あの湖に暮らすレイク・サーペントは人語を理解し、金属をこよなく愛する最強の魔物。

我々の村を破壊しない代わりに、定期的に高価な金属を納めなければならなかったのですが、領主様の魔術でヌシは死亡し、湖の底に沈んでいた我々の秘宝も全て返ってきました！　こちら、お礼の品です！　ぜひ受け取ってください！」

そう言って村人たちは、高価そうな金属類を渡してくる。

それを無意識に受け取った後も、俺は呆然と立ち尽くすことしかできなかった。

……いったい、何が起きている？

……なぜ、こんなことになった？

ちょっと人の嫌がることをしたかっただけなのに、なんでこんな苦しい目に遭わなければならないんだ！

そう考えたのち、俺はぶんぶんと首を左右に振る。

（いや、落ち着け。今にも絶望のあまり町を丸ごと燃やし尽くしてしまいそうだが、さすがにこれで全部のはずだ！　この1か月間、他に人と関わることはなかった！　感謝されるのもこれで最後のはず――）

そう考え、思考を切り替えようとした直後のことだった。

「失礼します、貴方様がレンフォード子爵ですね」

突然、見ず知らずのメガネをかけた男が現れる。

誰だコイツ。

疑問に思う俺に気付いたのか、メガネ男は続ける。

「失礼しました、私は王都にて文官をしているサーディスという者です。陛下とウィンダム侯爵より命を受け、例の件についての報告に参りました」

「……は？」

国王にウィンダム侯爵？　なんでここで突然そんな名前が出てくるんだ。

というか例の件って、いったい何のことだ？

まずい、まずいぞ。何やら嫌な予感がする。

一刻も早く、この場を離れなくてはならない気が！

だが、そう考える俺に対し、無情にもサーディスは告げる。

「しかし驚きました。例の件のみに飽き足らず、まさか魔王軍幹部を捕らえるという成果まで挙げられていたとは。『偉大なる策略家』というウィンダム侯爵の予測は本当だったようですね。それから今回の一件については既に、伝達魔術で陛下にも報告させていただきました……おっと、ちょうどタイミングよく返事がきましたね」

ダラダラと冷や汗を流す俺の前で、一羽の青い鳥がサーディスの手に止まり口を開いた。

『魔王軍幹部を捕獲しただと⁉　それはなんと凄まじい偉勲か！　例の件を含めレンフォード

子爵には多大なる褒賞を与えたい。必ずや、近いうちに王城へ参るよう伝えよ！　もう一度告げる、絶対だ！　これは王家の沽券にもかかわる問題であるぞ！』

そして王国の絶対君主とは思えない興奮した声色で、国王の言葉が響き渡る。

最悪なのが、それを聞いたのが俺やサーディスだけでなく――

「「「うおぉぉぉおおおお！　領主様が国王様に認められた！　褒賞を与えられるぞぉぉおおお!!」」」

――自分たちの主が評価されたと知り、町中の人々が喜びの声を上げる。

そんな中、俺は心の中で恨み言を告げることしかできず、

くそっ、くそっ、くそっ！

俺はただ悪評を広めたかっただけなのに！

何でこうなったぁぁぁぁぁあああああ！

第十話　魔王軍幹部に怒りをぶつけよう！

サーディスに、王都へやってくるように通達された後。

俺、オリヴァー、マリーの三人は執務室で会議を行っていた。

「まさかクラウス様が陛下直々に呼び出され、褒賞を頂く日がやってこようとは……このオリヴァー、感動のあまり言葉もありません！」

するとオリヴァーがさっそく、感極まった表情でそんなことを言ってくる。

この国に暮らす貴族にとって、国王から褒賞を与えられるのはそれだけ名誉なことなのだろう。正直、俺としてはこのまま全力で無視してやりたいところなんだが……

そう考えていると、続けてマリーが小首を傾げながら口を開く。

「そういえば、サーディス様が仰っていた例の件とは何のことだったのでしょう？」

「ああ、確かにそんなことも言ってたな」

あまりの情報量の多さのせいで忘れていたが、確かに「例の件」の報告に来たとサーディスは言っていた。

そしてその命令を出したのは国王ともう一人、ウィンダム侯爵だという。

……ウィンダム侯爵か。ゲームでは登場したキャラクターだけど、それ以外にもどこかで関わりがあったような気が……

「っ！　そうだ、思い出したぞ！」

1か月も前のことなのですっかり記憶から抜け落ちていたが、なんとか思い出せた。

俺はウィンダム侯爵から送られてきたパーティーの招待状に対し、紅茶を染み込ませたうえでそのまま送り返したのだ。

おおかた、それに対する罰でも与えに来たというところだろう。

だが、実際に来てみたら何故か魔王軍幹部が捕らえられているという謎の状況に出くわしてしまった。そこで俺に対する罰はいったん保留となり、幹部捕獲に対する褒賞を優先したと考えるのが最も自然だ。

しかしそれは逆に考えれば、ウィンダム侯爵から俺への怒りは今も残っているということでありーー

「これはチャンスかもしれないな」

「クラウス様？」

「ご主人様？」

国王に呼び出されただけなら行く必要はないかと思っていたが、考えを改める。

ここに来て初めて現れた、俺を悪だと認識している存在ーーウィンダム侯爵。

彼と出会うことが、これからラスボスを目指すうえで何か大きな意味を生み出すはずだ。

俺はバッと立ち上がると、二人に指示を出す。

「さっそく明日、俺は王都に出立する。不在の期間はオリヴァー、貴様を領主代理に任命する」

「はっ！　このオリヴァー、必ずやその命を遂行いたします。クラウス様が褒賞を受ける場に居合わせられないのは、少々残念ですが……」

「そしてマリー、お前には専属の従者としてついてきてもらう」

「は、はい！　かしこまり、ました……」

頷（うなず）くマリーだが、どこか元気がないことに気付く。

「どうかしたのか？」

「いえ、その……本当に私でよろしいのでしょうか？　黒髪の私が王都へ行ってしまうと、ご主人様まで偏見の目で見られる恐れがあります」

「……ふむ」

そう言われ、改めて『アルテナ・ファンタジア』の世界観を思い出す。

王都での黒髪持ちに対する認識は二極化が進んでいた。

王家に味方する貴族は差別をなくそうとし、逆に敵対する貴族の多くは偏見を強めている。

そんな中、マリーを連れていくのは確かにリスクでしかないだろう。

——もっとも、それはマリーが一般的なメイドであればの話だが。

「安心しろ、マリー。お前はこの1か月でそこらの騎士よりよっぽど強くなった。変な輩が絡んできたら魔術で蹴散らしてしまえ」

「へ？　い、いえ、私が気がかりなのはそこではなく、黒髪を従者にしていることでご主人様の悪評が広がらないかが不安で……」

「ッ⁉」

——マリーを連れていくだけで悪評が広がるビッグチャンスだと⁉

その発想はこれまでなかった。

まさかの気付きを与えてくれたマリーには盛大に褒美を与えたいくらいだ。

俺は内心でそんな風に大喜びしながらも、冷静に言葉を返す。

「ふっ、それこそ問題ない。むしろ俺としては望むところだ」

「ご、ご主人様……！」

キラキラとした目で見つめてくるマリー。

何か変な勘違いをされている気がするが、特に気にすることではないだろう。

いずれにせよこのビッグチャンスを逃すわけにはいかないと決意しながら、俺は明日の出立に向けて眠りにつくのだった——

棺を模した封印用魔道具の中。

暗く狭い景色の中で、彼――フレクトはニヤリと笑みを深めた。

「フフフ……まさか私が敗北するとは思っていませんでしたが、生け捕りとは詰めが甘かったですね。この調子なら、明朝には全ての力を取り戻せるでしょう」

本来であれば、この魔道具に封印された者は魔力を扱えなくなる。

しかしフレクトはその卓越した技術で、魔力操作を可能としていた。

それどころか――

「同時に固有魔術の改善も並行させていますが、こちらもうまくいきそうです。クク、もう同じ轍は踏みませんよ」

復讐の機会に備え、圧倒的速度で成長する始末。

その学習能力の高さと諦めの悪さこそ、彼を魔王軍幹部にまで至らせた所以。

フレクトは棺の中で誓う。

「私の復讐対象はたった一人です。私の狙いを看破し、騎士たちに完璧な作戦を与えたと言われていた領主クラウス・レンフォード。覚えておきなさい、明日の朝が貴方の命尽きる瞬間。

この怒り全てをぶつけさせてもらいましょう！」

翌日早朝。

俺、オリヴァー、マリーの三人が館（やかた）の外に出ると、既にサーディスが待ち構えていた。

「おはようございます、レンフォード子爵。出発の準備はできましたか？」

「ああ」

サーディスも王都に帰還しなければならないため、今回は旅路を共にすることになっていた。

さらに、今回同行するのはサーディスだけではなく――

「主様、お待ちしておりました！　我々も既に準備を整えております！」

俺に向けてレンフォード騎士団長のローラと数名の騎士が一斉に敬礼する。

ローラたちも護衛として一緒に向かうことになっているからだ。

というのも――俺は騎士の一人が引きずる、棺の形をした魔道具に視線を向ける。

「確かそれに封印されてるんだよな？」

「はっ！　魔王軍幹部の身柄をこの魔道具の中に捕らえております」

魔王軍幹部――聞いたところによるとフレクトだったたか。

ソイツを封印したこの魔道具を王都まで搬送しなくてはならない。

そのため道中で何かあった時に備え、数名の護衛が必要になったというわけだ。

しかし改めて魔道具を見てみるが、なんとも頼りない棺だ。

内部では魔力を使用できないらしいが……まあ、特に気にすることではないか。

「じゃあ、そろそろ行くとするか」

「それでは、私が先導します」

俺が出発を告げると、ローラが進んで案内を申し出る。

護衛として危険を察知する必要があるからだろう。

そう判断し彼女が進む方向に歩いていくが、すぐ違和感を覚えた。

「おい、なぜ町の方に行く？　館の裏の門から抜ければすぐ外に出られるだろう」

「主様に見ていただきたいものがあるからです。こちらをご覧ください！」

そんなローラの言葉に応じるように、俺は町に一歩足を踏み出す。

しかし、すぐにその判断を後悔することとなった。

というのも、町の中心にある広い道路の両脇には、早朝だというのに大量の領民が揃っていた。

そしてあろうことか彼らは、俺らの姿を見るや否や一斉に声を上げる。

「領主様ー！　いってらっしゃーい！」

「国王陛下から褒賞を頂けるなんて、なんて素晴らしいんでしょう！」

「領主様が不在の間も、私たちが町を盛り上げてみせますからね～！」

ただちょっと王都に向かうだけだというのに、この賑わいよう。

それを見たサーディスがカチャとメガネをかけ直す。

「昨日も同じことを思いましたが、これほど領民から愛されている領主は初めて見ました……レンフォード子爵は本当に素晴らしい領主なのですね」

そんな評価を下され、俺のこめかみがピクリと動く。

……なんだ、この光景は。なぜこんな朝っぱらから、自分に対する大量の称賛などという、最悪の光景を目に焼き付けなければならない⁉

俺は苛立ちながらも、冷静に頭を働かせて考える。

もし、この状況を生み出した元凶がいたとすれば、それは他ならぬ――

「クフ、クフフフフ。素晴らしい！　この瞬間をずっと待っていましたよ！」

――俺の天才的頭脳が答えを導き出そうとした瞬間だった。

領民たちの歓声が上がる中だというのに、やけにハッキリとそんな声が響く。

いったい誰の言葉なのか。そう警戒する俺たちの前で、突如として棺の魔道具がガタガタと揺れ動き、その勢いのまま開いた。

「なっ、まさか！」

ローラが焦ったように叫ぶ中、棺から人――否、魔族が飛び出してきた。

魔族は空高く飛び上がると、そのまま空中に浮遊する。

その魔族の姿を見て、ローラは怒りの表情を浮かべる。

「フレクト！　なぜ貴様が外に……この魔道具には封印がかけられていたはずだ！」

「決まっているでしょう？　私が内部で封印を解析し解いただけですよ」

「なっ！　この魔道具に閉じ込められた者は、魔力を使えなくなるのではなかったのか⁉」

「凡人ならそうなるかもしれませんね。しかし私は魔王軍幹部の中でも魔力操作に長けた天才中の天才。常識で測れるなどと思い上がらないでください！」

そんな二人のやり取りを見たサーディスが、戸惑った様子でローラに声をかける。

「ローラさん、昨日のように再び倒せないのですか⁉」

「それが……主様が考え抜いた策は一発限りのもの。ここには騎士団の者が数名しかいませんし、何より蓄えているエネルギーがもうありません！」

「そんな！」

絶望の表情を浮かべるサーディスとローラ。

そんな二人を見て、フレクトはさらにほくそ笑む。

「クフフ、ご安心ください。今回に限っては、貴方たちが抵抗の意思を見せなければ私としても攻撃するつもりはありません」

「なっ、どういうことだ⁉」

「今の私は復讐に取りつかれた悪鬼。憎しみを向ける先はたった一つ——クラウス・レンフォード、貴方だけです」

そう言って、フレクトは両手に漆黒と純白の魔力を溜めると、俺に鋭い視線を向けた。

「無論、貴方ほどの策略家であれば私への対策も完璧に備えているでしょう。だからこそ、棺の中で私はさらに魔術を改善しました。痛みが蘇る期間を1か月から1年に、奪うエネルギー量は制限をかけず体が枯れつくすまでと」

「なっ！　そんなことが本当に可能なのか⁉」

「もちろん代償も存在します。この魔術をかけられる対象は一人のみとなり、同時に再発動まで30日のクールタイムを要します。しかし問題ありません、貴方さえ殺すことができれば！」

「っっっ！　主様、お逃げくださ——」

何やら盛り上がっている様子のフレクトたち。

フレクトが魔術を解き放とうとしているのを見て、ローラは俺を庇うためか前に立ちふさがろうとする。

——だが、そんなこと、今の俺にとっては全部どうでもいい。

ぐっとローラの前に踏み出した俺は、怒りとともにフレクトを見上げた。

「**おまえが元凶か**」

そう、ここまで黙っていた数分間、俺が考えていたのはただそれだけだった。

この魔王軍幹部とかいうよく分からない奴（やつ）が攻めてさえ来なければ！

騎士団に無理な作戦を命じて失敗させることもできたし！

国王の覚えがよくなることもなかったし！

さっきみたいに領民から盛大に感謝されることもなかった！

それらは全て、こいつのせいだ！！！

「――――ッ!?!?!?」

フレクトは空中で少し後ずさった後、何かを振り払うように頭をぶんぶんと左右に振る。

「あまりにも強い殺気に少々驚きましたが、問題ありません！　これを喰（く）らいなさい！

【極（ジオ）・蘇りし苦痛（リバイヴ・ペイン）】＆【極（ジオ）・生命力吸収（エナジードレイン）】！」

そして、黒と白の魔力を解き放ってくる。

だが――

「【魔術反射（アンチ・マジック）】」

「……へ？　ぐぎゃぁぁぁあああああああああ！」

俺がその二つを跳ね返してやると、直撃したフレクトは地面に墜落し、痛みと苦しみにもがきだした。

その姿を見て、わずかに俺の溜飲（りゅういん）が下がる。

ちなみに今の【魔術反射（アンチ・マジック）】は、敵の魔術を吸収し自分の魔力に変換したうえで跳ね返す俺の固有魔術である。

というのも、だ。

鏡を定期的に見ないと忘れそうになるが、俺の髪色は灰色。

半分とはいえ俺は確かに【黒の魔力】を有しており、固有魔術の適性があった。

この1か月間マリーを鍛えていく中で、彼女より先に目覚めてしまったのだ。

その固有魔術を使って、俺は奴の魔力を両方跳ね返してやった。

コイツは今、さっき自分が長々と語っていた内容の効果に苦しめられていることだろう。

くはは、いいぞいいぞ。この調子で俺が完全にスッキリするまで痛めつけてやる――

そう思った、次の瞬間だった。

「領主様が、単独で魔王軍幹部を倒されたぞぉぉぉおおおおお！」

「「「うおぉぉぉおおおおお！」」」

突然、領民の叫びとともに歓声がどっと沸いた。

それを聞き、俺は自分の失態に気付く。

(何をしているんだ俺は！　こんな観衆の前で幹部を倒せば盛り上がるに決まってる。むしろコイツらから評価を下げるため、今の俺がすべきことは――)

ギリッと歯を噛み締めた後、俺は決断する。

苦肉の策ではあるが仕方ない。俺はフレクトが十分に弱っているのを確認すると、魔術を解いてコイツを苦しみから救い出す。

エネルギーが奪われて小さくなったフレクトは「ぜぇはぁ」と息を吐きながら口を開いた。

「く、クラウス・レンフォード……これはいったい、何の、つもり……」

「ふっ、そんなこと決まってるだろう」

そんな前置きの後、俺は真剣な眼差しで告げた。

「お前、今すぐここから逃げろ」

「……は？」

まるで予想していなかったとばかりに、素っ頓狂な声を出すフレクト。

まあ、そんな反応になるのも仕方ないか。

俺がフレクトを逃がそうとしているのは決してコイツのためじゃない。

魔王軍幹部の味方をする最低最悪の領主という印象を、ここにいる全員に与えるためだ。

フレクトを逃がすこと自体は気に食わないが、背に腹は替えられない。さっきの苦しむ様を見て大分スッキリできたのもあるし、今回は許してやることにする。

大きな目標を叶えるためには目先の利益を捨てるのも、悪のカリスマとしては必須のスキルだからな！

「さあ、ほら、早く。逃げたいなら逃げていいって言ってるんだよ」

そんな考えからの提案であり、フレクトが逃げたいなら本当に逃がしてやるつもりだったのだが……

なぜかフレクトは、ボロボロになった体のまま地面に頭をつける。

「さ、逆らおうとして申し訳ありません！　二度と歯向かったりはいたしません！　ですから、どうか、どうかお許しぉおおお！」

そう叫んだあと、フレクトは自分から棺に入って再び封印された。

……はあ？

意味の分からなさに困惑していると、サーディスのメガネがキランと光る。

「敵の武器を全て無力化したうえで甘い誘いを投げかけ、あえて選択肢を与える。逆らえばこれ以上の罰が待っていると理解した敵は、迷うことなく降伏の意思を示すというわけですか……なんて完璧な対応なんだ！　レンフォード子爵の頭の中がどうなっているのか、一度覗(のぞ)いてみたいくらいですよ！」

　そして、全く俺の意図とは違うことを自信満々に告げる。

　問題なのは、それがたとえ間違いであっても、周囲の者たちはすぐにそれを受け入れてしまったということであり――

「素晴らしいですぞ、クラウス様」

「はい、さすがは私のご主人様です！」

「主に守られてしまうとは騎士の恥……主様に追いつけるよう、より一層努力しなくてはな！」

　――オリヴァー、マリー、ローラがそれぞれの反応を口にする。

　彼らに呼応するように、なぜか民衆のボルテージまで上がってしまい――

「「「領主様！　領主様！　領主様！　領主様！」」」

　町全体が一丸となって、領主コールを始める。

　それを聞きながら、俺は歯をギリギリと噛み締める。

　くそっ、くそっ、くそっ！

ちょっと魔王軍幹部に恨みをぶつけようとしたり、逆に逃がそうとしただけなのに！
周囲から最低な存在だと思ってほしかっただけなのに！
何でこうなったぁぁぁぁぁあああああ！！！
心の中でシクシクと涙を流しながら、俺たちは王都に向けて出発するのだった。

第十一話 王都を散策してみよう！

レンフォード領を出てから1週間後。

俺たちは無事、ソルスティア王国の王都セレスティアーリにたどり着いた。

王都にふさわしい活気に溢れた町となっており、中小領地のレンフォード領とは比べるべくもない。

しかしここでやることが国王への謁見だと思い出し、少し気分が下がった。

そんなことを考えていると、サーディスとローラが口を開く。

「それでは、私は先に帰還を報告しに王城へ戻ります。レンフォード子爵は予定通り、明日の約束した時間にいらしてください」

「私たちもフレクトの入った棺を届けなくてはならないため、ここで一旦別れさせてもらいます。それでは」

そう言い残し、彼らは王城に向かって去っていく。

残されたのは俺とマリーだけだ。

……さて。

「予定より1日早く着いたのはよかったが、時間を潰す必要ができたな」

「は、はい。そうですね、ご主人様……」

そう答えながらも、マリーはどこか落ち着きなくキョロキョロと周囲を見渡していた。

何か気になるものでもあるのだろうか？

少し気になって彼女の視線の先を見てみると、薬屋や武具店、そして服飾店が道路沿いに並んでいた。

そこで俺は、ようやくマリーの意図に気付く。

（そうか！　王都には冒険者や迷宮攻略者が多くいる関係上、毒や暗器の取り扱いも最先端をいく。実際に店を見てみたいものの、暗殺対象である俺に狙いを悟られまいとしているのか）

そういうことなら、助け舟を出してやろう。

俺は胸元からいくらかの金銭を取り出し、マリーに手渡した。

「受け取れ、マリー」

「ご主人様？　これはいったい……」

「少し用ができた、ここからは別行動だ。適当にその辺りを回って、欲しいものがあればそれで買え」

「っ！　ご主人様……！」

わずかに目を見開いた後、嬉しそうに微笑むマリー。

まさか俺の方から、自分（マリー）にとって都合のいい提案をしてくれるとは思ってもいなかったのだろう。

まあ、その辺りは何でもいい。

俺は集合時間と場所を伝えた後、マリーに背を向けて歩き出す。

すると、そんな俺の背後では……

「ありがとうございます、ご主人様。周囲の者たちが私の髪を見ているのが気になり、フード付きの服が欲しくなって服飾店を見ていたことを気付いてくださるとは。さらに私が責任を感じないよう、ご自身から別行動の提案をしてくださるそのお優しさ……改めてこのマリー、ご主人様の素晴らしさを知ることができました」

マリーが何かをぶつぶつと呟（つぶや）いていたが、俺の耳には届かないのだった。


マリーから十分に離れた後、俺は改めて王都の街並みを観察する。

先ほどの提案にはもう一つ、俺が一人になりたいという動機も含まれていた。

その理由は当然、

「改めて感動するな。まさかゲーム画面で何度も見た場所を、こうして歩くことができるなんて……！」

そう、『アルテナ・ファンタジア』はここ、王都にある王立学園を舞台としている。

まさに文字通りの【聖地】だと言えるだろう。

「この感動は、ゲームに登場しなかったレンフォード領じゃ味わえなかったものだからな。この機会にせいぜい堪能してやる！」

さらに喜ばしい点として、ここではレンフォード領とは違い、俺の顔を見ても正体に気付く者はいない。

自分から名前を明かさない限り、クラウスだと気付かれることはないだろう。

それはつまり、どれだけ羽目を外しても問題ないということ！

「今だけは、悪のカリスマについても考えるのを止めよう！」

そう決めた俺は、改めて王都の街並みを堪能した。

ゲームで登場した道具屋や武具店にも行き、テンションが上がった影響で全く意味がないものを買ったりもしてみた。まるで修学旅行にでも来たみたいだ。

俺は色々と買った荷物を背負いながら、一本の剣を取り出して握りしめる。

見るからに切れ味の悪そうなこの剣は、ゲームにも登場した【錆びついた剣】。

武具店で実際にこれを見つけた時は、思わず噴き出しそうになった。

「ゲームでは最序盤に購入できる最弱武器として置かれていたから特に違和感なかったけど、現実で売るようなものじゃないからな。本当にこんな剣、買う奴がいるのか？」

そう言いながら、俺は買ったんだけど。

あれだ、修学旅行でつい木刀を買っちゃう的なやつだ。

「後悔はしていない！　まあ、ゲームで出てきた店主が不在だったのだけは少しだけ残念だったけどな……おっと、もうこんな時間か」

そんなことを考えていると、マリーに伝えた集合時間が近づいてきている。

そろそろ集合場所に向かおうとした、その時だった。

「離してください！」

甲高い女性の叫び声とともに、パシンッ！　と何かを叩くような音が辺り一帯に響いた。

俺を含めたこの場にいる全員が、一斉に音のした方向に視線を向ける。

するとまず、二人の男女が視界に入った。

一人は豪奢な服に身を包んだ恰幅のいい男。姿だけなら貴族のようにも見える。

そしてもう一人。

亜麻色の長髪と優しそうな目が特徴的な、可愛さと綺麗さを兼ね備えたかのような少女。

どうやら彼女が、男に掴まれた腕を払ったみたいだ。

いや、待て。

そんなことより、まさか彼女は――

「……誰だ？」

——残念ながら、特に知らない人物だった。

う〜ん、どこかで見たことある気がしたんだけどね。不思議なこともあるもんだ。

気のせいだったのかと結論を出し、俺は改めて、何があったのかを観察することにした。

貴族の男が、少女に対して苛立ったように声を荒らげる。

「貴様！　この私の誘いを断るどころか暴力を振るうなど何を考えている⁉」

「あなたが格の高い貴族であろうと、申し出には応えられないと何度も言ったはずです！　それなのに腕を掴んできたから払っただけのことに、何か問題があるというのですか⁉」

「当然だ！　この私が貴様を買ってやろうというありがたい提案を断るなど、大問題に決まっている！　少し器量がいいかと思えばその程度のことも分からないとは、やはり平民とは愚かな存在だ！」

……ふむ。

今の言い合いで、だいたいの内容は理解できた。

とはいえ、ほとんどは話していた通りだろう。自分の権力におごった貴族が彼女に手を出そうとしたが、断られて憤慨しているといったところか。

二人のやりとりは周囲の注目を集めていた。

「またアイツが意味の分からないことを言っているぞ」

「目を付けられたあの子は不憫だったわね……」

「助けたいところだけど、貴族に逆らったら俺たちもどうなるか分からないからな……」

周囲の反応を見るに、どうやら男は常習犯のようだ。

貴族の横暴に、人々も迷惑しているという様子。全員が親の仇（かたき）に向けるがごとき目で、貴族を睨（にら）みつけていた。

その光景を見た瞬間、俺の心の奥底から一つの感情が生まれてきた。

「許せないぞ、アイツだけは……！」

ふつふつと沸き上がっていく感情。

その正体は当然、罪のない少女に手を出そうとしたことに対する怒り——などではなく、

（俺以外に、民からの悪意を集める貴族がいるなど、絶対に許せない！）

唐突に現れた、悪のカリスマ候補に対する強い嫉妬（しっと）心だった。

（それにここは王都という、まさに物語の中心地。ここで悪事を行う者が出てしまえば、今後俺の悪評を広める際に影響が出る恐れがある。何とかして奴の行動を止めなければ！）

そう考え、俺は二人に近づいていく。

すると、

「ええい！　私に逆らうような不届き物は、ここで成敗してやる！」

「きゃあっ！」

あろうことか男は腰の剣を抜き、少女に向けて振り下ろした。

周囲から幾つもの悲鳴が零れ、少女が思わず目をつむる中、俺は先ほど買ったばかりの【錆びついた剣】を間にかざす。

直後、ガキン！　という鈍い音とともに、男の剣を止めることに成功した。

「あ、あなたは……」

背後で少女が戸惑ったように呟いているが、そんなことどうでもいい。

今、俺が憎しみを抱いているのは目の前にいる男のみ。

「悪いが、それ以上は見過ごせないな」

殺人までいったら、悪ポイントが100くらい溜まっちゃうからね！

そんなことを考えていると、貴族の男は俺を見て顔を怒りに染めた。

「貴様！　私が誰か知っていての振る舞いか⁉　私の名はブラゼ――」

「興味がないから口を閉じろ。そしてさっさとここから離れることだな」

「っ！　誰かは知らんが、またしても馬鹿にしおって！」

男はそう言って、ぐっと剣を押し出してくる。

「む」

すると想像以上に力があり、俺は驚きながら後方に飛び退いた。

小型犬だと思ったら大型犬だった的なアレだ。

男はそんな俺に剣の切っ先を向ける。

「くはは、残念だったな！　私はこの身一つでBランクモンスターを倒せるほどの剣の使い手！　その体を切り刻み、逆らったことを後悔させてやる！」

「……ほう」

その言葉を聞き、俺は驚きつつも笑みを深めた。

予想外ながらも、なかなか面白い展開になってきたからだ。

俺は錆びついた剣をぎゅっと握りしめる。

（そういえば、こうして実戦で剣を使うのは久々だな……）

というのも、だ。レベルアップのためにモンスターを倒す際、市販の剣では耐久力が低くすぐに壊れてしまっていた。

加えて、広範囲のモンスターを倒すだけなら魔術の方が効率的だということもあり、ここしばらく剣を使う機会がなかったのだ。

もちろん、型の練習をして剣術スキルの熟練度自体は上げていたが……

久々に実戦で使えるとなり、ワクワクしている自分がいる。

とはいえ、懸念点が全くないわけでもない。

俺は手に持つ錆びついた剣の刀身をチラリと見た。

（格安で買っただけに、この剣も一度や二度振るえば壊れるだろうけど……まあ、今はそれだけでも十分か）

状況を整理した後、俺は男に剣を向けながら大きく頷いた。

(よ〜し！　とりあえずこの剣が壊れるまで、この貴族を実験台にしようっと！)

——場所は変わり、クラウスが【錆びついた剣】を購入した武具店。

その店主であると同時に『アルテナ・ファンタジア』に登場するキャラクターでもあるドワーフ族のゴルドは、店に戻って来るや否や店番を務めていた弟子に向けて叫んだ。

「おい！　工房に置いていた剣をどこにやった⁉」

自分が火入れ中に集中力を切らした時以上の怒声に驚きながらも、弟子は答える。

「さ、錆びついた剣ですよね？　それなら他のものと同じように店頭に並べ——」

「何をしている馬鹿者！　あれは大迷宮から発掘された古代の一振りで研磨中だったのだ！」

「えっ⁉　そ、そんな……」

「自分が何をしでかしたか理解したら、さっさと購入した者を見つけ出し、返品してもらうよう言いに行……」

そこでふと、ゴルドは違和感を覚えた。

「待て、わしが店を出ていたのはたったの1時間。その間に剣が売れたのか？」

「は、はい。剣を並べた直後、購入しに来た男の人がいまして……」

「男の様子はどんな感じだった？」

「えっと、店に入ってきてまず全体を見渡した後、錆びついた剣のコーナーを見て動きを止めたんです。直後、迷うことなく一本を購入すると言ってきて……」

「……ふむ」

　そのことにゴルドは驚愕した。

　弟子が間違えたことからも分かるように、研磨前のあの剣は、他の錆びついた剣と見た目が変わらない。にもかかわらず、迷うことなくあの一本を選び抜いた？

　錆びついた剣自体、ネタ商品に近く滅多に売れるものではないため、まさかたまたまなどということはないだろう。

　考えに考え抜いた末、ゴルドは答えにたどり着いた。

「もしかしたらその男は、剣に選ばれたのかもしれんのう」

「選ばれたとは？」

「迷宮から発掘される古代武器の中には、使用者を自分から選ぶものもあるのじゃ。であるなら、無理に追う必要はないかもしれぬ」

　剣の可能性を最大限にまで輝かせることこそ、ゴルドの鍛冶師としての誇り。

剣が本人を選んだというのであれば、それが一番だとゴルドも考えていた。

ふとそのタイミングで、弟子は気になったことをゴルドに尋ねる。

「ところで、迷宮で見つかる武器って特殊な能力を持っていることも多いですよね？　あの剣にも何かあったんですか？」

「それが、研磨前ということもありまだ分かっておらんかったのじゃ。ただ、一つだけはっきりしてることがあっての」

ゴルドはそこで言葉を止めた後、真剣な表情で告げた。

「あの剣は、刀身にどれだけの衝撃を与えようと傷一つつかない最高級の一振り――すなわち不壊なんじゃ！」

なりゆきで始まった俺と貴族との戦闘。
先に動いたのは貴族の方だった。
「私の華麗なる剣術で、貴様を切り刻んでやる！」
そう叫びながら、貴族は剣を大きく振り上げて迫ってくる。

その光景を眺めながら、俺は脳内でゆっくりと対応を考え始めた。

（いつも通りならいったん剣で受け止めるところだけど……それで刀身が折れたら技が試せなくなるな）

仕方ない、相手より先にこちらから攻めるか。

そう判断した俺は貴族より一秒遅れて【錆びついた剣】を構えた。

そして、今から発動しようとしている剣術について思い出す。

魔術については特定の種類に限定せず幅広く学んでいる俺だが、剣術に限っては理想が存在していた。

その理想とはズバリ、『アルテナ・ファンタジア』に登場する剣士ヒロインが使う流派――コバルトリーフ流剣術。

その中でも今回は、対人に特化した技を使わせてもらう。

一瞬でそこまでの考えをまとめた俺は、貴族が剣を振り切るよりも早く、錆びついた剣を横に薙ぐ。

「コバルトリーフ流剣術――【紫電】」

刹那、音速に等しい錆の刃が貴族の腹にズシンっと埋まった。

「ぐっ、ごえぇぇぇ！」

切れ味を失っているためか、ほとんど鈍器と化した刃による重い一撃を喰らい、貴族はうめき声とともにその場に崩れ落ちた。

　そして憎しみを込めた目で俺を見つめてくる。

「ごほっ！　き、きさまっ、いったい、何をしたっ！」

「がんばった」

「それが答えになるか！　ふざけおって、どんなカラクリかは知らんがもう容赦せんぞ！」

　貴族は腹を押さえながらゆっくりと立ち上がる。

　かなり手加減していたとはいえ、思った以上に耐久力があるみたいだ。

　それともふっくらとした腹が、いい感じにクッションにでもなったのだろうか。

「まあ何でもいいか。こっちとしても、耐えてくれる分には大歓迎だ――【双閃】」

「ごっ、ぐげぇぇぇ！」

　一振りで二つの斬撃を放つ技を使い、さらに貴族にダメージを与える。

　斬撃をまともに浴びた貴族は、再びその場で崩れ落ちてしまった。

　その光景をしり目に、俺は錆びついた剣へと視線を向ける。

「すぐに壊れるかと思ったけど、耐久力だけは思ったよりあるみたいだな……」

　これは嬉しい誤算だ。なにせ、試したい技はまだまだある！

　しかし、ここに来て別の問題が発生した。

「はあっ、はあっ、ふざけおって……貴様、やはり卑怯な手を使っているな！　でなければ私がやられるなど、ありえるはずがない！」

「……ふむ」

貴族はまだやる気に満ちているようだが、ダメージによって立ち上がることすらおぼつかない様子。こんな相手に技を放ったところで練習にはならないだろう。

「いや、待てよ？」

そのタイミングで俺の天才的頭脳が妙案を導き出す。

俺はニヤリと口角を上げ、貴族に上から尋ねた。

「まだやる気か？」

「当然だ！　貴様は必ずこの手で殺す！」

「面白い、その心意気だけは買ってやる」

そう答えた後、俺は貴族に聞こえないよう小さく呟く。

「【高速再生(ハイリカバー)】、【魔力障壁(オートバリア)】」

そして二つの魔術を貴族にかけてやった。

魔術の効果はその名の通り、高速治癒と魔力結界で体を守るというもの。

貴族は自分の怪我(けが)が突然治ったことに驚きながらも、ゆっくりと立ち上がる。

「何やら突然体の調子がよくなり、内側から力が漲(みなぎ)ってくる……クハハ、私のさらなる才能がたった今開花したということか！」

そう意気揚々と宣言してくる貴族。

そんな彼の前で、俺はさらに笑みを深めた。

なぜ俺がこれらの魔術を貴族に付与したか。その理由など一つしか存在しない。

そう、それはズバリ――

（よし！　これでここからは手加減することなく、いくらでも剣術を試せるぞ！）

――まだまだ遊べるドン！

ということである。

俺はテンションが上がったまま、突然のパワーアップに喜ぶ貴族に向けて剣を振るう。

「さあ、ここからが本番だ！　今度こそ私の本気を見せてや――」

「コバルトリーフ流剣術――【桜花（おうか）】」

「がはぁっっっ！　い、痛みはあるが体はまだ動くぞ！　次は私の番――」

「【十六夜（いざよい）】」

「ぐぼえええええ！　し、しかしまだ私は倒れておらん！　こうなったからには仕方ない、貴様には私の奥義を喰らわせてや――」

「【龍虎（りゅうこ）】」

「ぐふぅっっっ！　ま、待て、何かおかしい気が！　どんどん貴様の速度が上が――」

「【天地(てんち)】【神威(かむい)】【颶風(ぐふう)】【神斬(かむきり)】――――最終奥義　【星煌剣舞(せいこうけんぶ)】　！」

「ぐわぁぁぁぁぁあああああああああ！」

さあ、まだまだ！　コバルトリーフ流剣術の最終奥義は13個存在する！

その全(すべ)てを放つまで終わらせないぞ！

そう考え、さらに幾つもの剣技を繰り出す俺だったが――

「あ、あの～、そろそろ止(や)めた方がいいんじゃ……」

――数分後、背後からそんな声が聞こえ、俺は剣をピタッと止める。

見てみると、貴族は目を白くして失神していた。

そこでようやく、俺は自分の失態に気付く。

（しまった！　障壁を張っても完全に痛みを感じないわけじゃない！　ダメージで行動不能になるより先に、その部分でギブアップになったのか……）

こうなるくらいなら、もう少し手加減しておくべきだった。

そう後悔する俺だったが――

直後、周囲から一斉に歓声が沸き上がった。

「うおぉおおお！　あの子が憎き貴族を倒したぞ！」

「すごく胸がスカッとしたわ！」

「勇気を出して権力に立ち向かうだなんて、なんて立派な少年なんだ！」

まずい、これはよくない流れだ。

せめて俺の正体がバレる前に立ち去らなくては。

「ま、待ってください！　せめてあなたのお名前だけでも」

俺が救った少女からそんな言葉も聞こえるが、当然そんなお願いに応える俺ではなく、

「悪いが、名乗るほどの者ではない」

それだけを言い残し、俺は全力疾走で駆け出そうとする。

しかし、

「待って！　せめてアタシの大切な家族を助けてくれたお礼だけでも言わせて――」

……ん？

その声を聞き、俺の耳がピクリと反応する。

というのも最後の声だけは、これまでの亜麻色の長髪が特徴的な少女のものではなかった。

それどころか、聞き間違いでなければ『アルテナ・ファンタジア』に登場する、とあるヒロインの声によく似ていた気がするんだが――

「まあ、気のせいだよな！」

そう判断した俺は、振り返ることなく颯爽とその場から立ち去るのだった。

第十二話　分岐する運命

黒髪のポニーテールが特徴的な少女クロエ・ローズミスト。

恋愛アクションRPG『アルテナ・ファンタジア』のヒロインの一人でもある彼女は、亜麻色の長髪が特徴的な少女アリアンナを連れて王都にやってきていた。

「……すごい光景ね」

「うん、本当に……」

クロエとアリアンナは、王都の賑わいを前にして圧倒されていた。

彼女たちが暮らしてきた地方の様子とは、何から何まで違ったからだ。

「……はあ、何でこんなところに来る羽目になったんだか」

クロエはため息を吐き、ここに至るまでの経緯を思い出し始めた。

クロエは『アルテナ・ファンタジア』に登場する五人のヒロインのうち、唯一の平民（という設定）。大した特色もない地方の孤児院で育った活発な少女である。

しかしクロエは平民でありながら卓越した魔術と弓の才能を持っていた。

森で狩りをする姿を王国騎士団の者に見られ、その才能を買われた彼女は、なんと王立学園

から直々にスカウトされる運びとなった。

乗り気ではない彼女に対し、王立学園はまず現地で説明を受けるだけでもと誘い出し、クロエは同じ孤児院で育ったアリアンナを引き連れて王都へとやってきた。

——のだが、既にクロエは地元に帰りたくなっていた。

「やっぱりアタシに王都暮らしなんて合ってないわ。早く断って帰りましょう」

「まあまあ、クロエ。これもせっかくの機会じゃない。入学を断るにせよ、せめて楽しまなくちゃ損だわ」

「……それもそうね」

孤児院の子供たちにお土産話を持って帰るためにも、クロエたちは王都を探索しようとする。

しかしこれだけの雑踏の中を歩くのは初めてだったこともあり、二人はすぐにはぐれてしまった。

「クロエ〜どこに行ったの〜」

一つ年上であり、姉のような存在であるアリアンナは、声を張り上げながら町を歩く。

すると、その最中——

ドンッ！

「きゃっ！　ご、ごめんなさい。ぶつかってしまったみたいで……」

よそ見をしていたせいで誰（だれ）かの背中にぶつかり、反射的に謝る。

しかし、その相手が最悪だった。

アリアンナがぶつかった相手——豪華な服に身を包んだ男が、不満げな表情で振り返る。

「貴様、私が偉大なるブラゼク伯爵と知っての狼藉(ろうぜき)か？」

名前こそ知らずとも、男が貴族であることはアリアンナにもすぐ分かった。

慌ててアリアンナは頭を下げる。

「も、申し訳ありません！　王都にやってきたばかりで、あまり詳しくなく……」

「ふんっ！　私を知らぬとはよっぽどの田舎者なのだな。さて、どんな罰を与えてやろうか……ん、待て、顔をよく見せてみろ」

そう言って、ブラゼクはアリアンナの顔をまじまじと見る。

「ふむ、悪くないな。よく聞け、いい提案をしてやる——」

そして直後、あろうことかブラゼクはアリアンナを買ってやろうと言ってきた。

当然すぐに断ったアリアンナだが、それによってブラゼクはさらに怒りを募らせる。

アリアンナを強引(ごういん)に連れ去ろうとした手を払ったのが、最後の一押しとなった。

「ええい！　私に逆らうような不届き物は、ここで成敗してやる！」

「きゃあっ！」

剣を振りかざすブラゼク。アリアンナはクロエと違い戦闘の心得がないため、抵抗することもできず目をつむることしかできなかった。

しかし、直後にガキン！　という音が辺り一帯に響く。

いつまで経っても痛みが襲ってこないことに驚きながら目を開くと、そこには一人の少年――クラウスが立っていた。

「あなたは……」

戸惑うアリアンナの前で、クラウスは堂々とブラゼクにタンカを切る。

そしてその流れのまま、なんと二人は戦闘を始めてしまった。

「アンナ！　大丈夫⁉」

「クロエ……」

戦闘が始まって間もなくして、騒ぎを聞きつけたクロエがやってくる。

「何があったの？」

「それが……」

困惑しつつ、アリアンナはこれまでの経緯を話す。

全てを聞いたクロエは、目を丸くしてクラウスに視線を向けた。

「あの人が、アンナを助けてくれたのね……」

クロエにとって、アリアンナは何よりも大切な姉のような存在。

感謝の気持ちを抱きつつ、彼がピンチになるようなら、貴族相手だろうとお構いなく助けに入ろうと決意する。

しかし、その時がやってくることはなかった。

クラウスは圧倒という表現が生ぬるいほど、一方的にブラゼクを手玉に取っていたからだ。

「すごい……」

クロエは王立学園直々にスカウトされたという経緯も相まって、自分は相当な実力者だという自負があった。

しかしそれは勘違いだったのだと思い知らされるほど、圧倒的な実力差に衝撃を受けていた。

否、今のクロエが抱いている感情はそれだけでなく――

「………」

胸の奥底から沸き上がる、これまでに感じたことのない熱い何かを自覚しながら、クロエはただまっすぐその光景を見届ける。

そしてそれは、隣にいるアリアンナも同様だった。

数分後、ブラゼクを簡単に倒したクラウスは、名乗ることなく立ち去ろうとする。

「待って！　せめてアタシの大切な家族を助けてくれたお礼だけでも言わせて――」

必死に呼び止めようとしたクロエだったが、クラウスは一瞬だけ立ち止まりかけた後、そのまま立ち去ってしまった。

「行っちゃったわね……」

「そうだね。助けてくれたお礼を言いたかったのに」

お礼を言う機会をなくしてしまったことにショックを受けるクロエとアリアンナ。

すると、周囲の人々が……

「それにしても、すごい戦いだったな」

「あの若さであれだけの強さなら、まず間違いなく王立学園の生徒だろう」

「ああ、それなら貴族相手に物怖(ものお)じしないのも納得だ」

その言葉を聞いたクロエとアリアンナは、バッと顔を見合わせる。

「聞いた、アンナ?」

「ええ、クロエ」

「王立学園に入りさえすれば、きっと今の人にもう一度会えるはずよ……！」

心の中でとある決意をするクロエだが……

ここで少し、ゲーム世界における二人の境遇について振り返る。

本来のゲーム世界において、アリアンナはブラゼクに逆らったことで殺害され、それを機にクロエは貴族に対する強い憎しみを抱くことになった。

貴族への復讐(ふくしゅう)のため、彼女は王立学園に入り、強さを求めるというのが基本のエピソードとなる。

さらにクロエが黒髪持ちということから差別と戦う内容も含まれており、メインルートの中でもひときわダークな作風と言えるだろう。

そんな中、主人公に対する信頼度が高まった後、クロエが過去の出来事を語る話がある。

その時、イベントスチルにおいてアリアンナは後ろ姿だけが映される。

その記憶が残っていたからこそ、クラウスはアリアンナの顔は知らずとも、その後ろ姿に見覚えがあるように感じたのだ。

しかしこの世界では、アリアンナがブラゼクに殺されることはなかった。

クロエは貴族に対する憎しみを抱くどころか、クラウスに対して強く感謝の念を抱く。

ゆえに、その答えにたどり着いた。

「事前の説明では、王立学園の入学には一人だけ従者を連れてきていいって言ってたわね」

「クロエ、それってもしかして……」

「うん、アンナさえよければだけど」

「っ、もちろん！　私の気持ちはクロエと同じだよ」

クロエとアリアンナは顔を合わせ、同時にこくりと頷（うなず）く。

そして――

「決めたわ。アタシはあの人にお礼を言うため、王立学園に入学する！」

――ゲーム世界とは異なる理由で、クロエは王立学園への入学を決意するのだった。

これにて、今回の騒動における変化は全ておしまい――というわけではなかった。

「…………」

クラウスたちの戦闘が行われた道路に接する建物の屋根の上に、一人の少女が立っていた。

透き通るような青色のセミロングが特徴的なその少女は　先の戦闘を思い出し、半年前まで同級生だった彼に思いをはせる。

そしてそのまま、彼女は小さく呟（つぶや）いた。

「クラウスくん。どうして君が、我が流派に伝わる奥義の数々を使えるんだ……？」

――少女の名はエレノア・コバルトリーフ。

彼女は『アルテナ・ファンタジア』のヒロインの一人であり、唯一の先輩キャラ。

そして王国騎士団長の父親から受け継いだコバルトリーフ流剣術を得意とする、作中最強クラスの人物でもあった。

そんなエレノアは今、言葉で表せないほどの衝撃を受けていた。

状況を整理するため、エレノアはここに至るまでの経緯を思い出すのだった。

本日は王立学園が休みということで町に出ていたエレノア。

そんな中、突如として戦闘音が聞こえてきたため、場を収めるべく屋根伝いに急いで現地に向かった。

そこにいたのは、貴族街や平民街を問わず、常日頃からよく問題を起こすブラゼク伯爵。

ただいつもと違うのは、ブラゼクが何者かに圧倒されているという事実だった。

その少年の顔を見て、エレノアは驚きに目を見開いた。

「あれはまさか……クラウスくんか？」

クラウス・レンフォード。

エレノアとは同学年であり、王立学園におけるクラスメイトだった。

しかし彼は入学後、たった1週間でレンフォード領を継がなくてはならなくなり、学園を休学して領地に戻っていった。そのため、エレノアとの間に大した関係があったわけではない。

それでもはっきりしていることが一つある。

学園の授業で見た限り、彼には剣の才能などなかったはず。

しかし、いま目の前で繰り広げられている光景はそんなエレノアの記憶を覆すものだった。

「ブラゼク伯爵も決して弱くはない。にもかかわらず、クラウスくんが剣術で圧倒している？

それに——」

さらにエレノアにとっては、強さ以上に驚愕的なことも存在していた。

「【十六夜】【龍虎】【天地】【神威】【颶風】【神斬】——」

クラウスが解き放つ技の数々が、ことごとくコバルトリーフ流のものだったのだ。

しかもその完成度は、エレノアにも決して引けを取らず……いや、既に超えているかもしれない。

「コバルトリーフ流は一子相伝の剣術だというのに、なぜクラウスくんが使えている？　まさかどこかで父の戦闘を見て、見よう見まねで覚えたとでもいうのか？」

少し無理がある想像だが、今のところ考えられるとしたらこれくらいしかない。

しかし、エレノアが真に驚愕するのはここからだった。

「――最終奥義【星煌剣舞】！」

「なっ！」

クラウスの放った技を見て、エレノアは思わず目を見開いた。

最終奥義とは、コバルトリーフ流剣術に伝わる13の秘技。その破壊力は凄まじく、一振りでどれだけ強力なモンスターをも討伐できると言われている。

しかしその習得難易度は非常に高く、王国騎士団長の父ですら一つしか使用できない。

当然エレノアはまだ一つも習得しておらず、来るべき時が来れば父から秘伝書を渡されることになっていた。

そして父は普段の任務では最終奥義を封印しているため、どこかでそれを見たということはありえない。

そもそも、彼の年齢で使用できることすらとても信じられず——

「まだまだいくぞ！　最終奥義——」

「…………」

必死に思考を巡らすエレノアをあざ笑うように、クラウスは続けざまに最終奥義を幾つも放っていく。

最初はあまりの衝撃に思考が停止していたが、徐々にエレノアは、その光景に夢中になり始めていた。

「……美しい、な」

一般的な技から最終奥義に至るまで、クラウスの動きはエレノアの理想そのものだった。

今は理屈などどうでもいいと、エレノアはただただ脳裏にその光景を焼き付ける。

クラウスがブラゼクを討伐して去った後も、しばらくエレノアは無我の境地にいた。

数分後、ようやくハッと意識を取り戻す。

「クラウスくん。どうして君が、我が流派に伝わる奥義の数々を使えるんだ……？」

再びそんな疑問が浮かび上がってきたが、今はそんなことを気にしている場合ではないと、エレノアはブンブンと首を左右に振る。

「それよりも、今の光景が頭に残っているうちに修練を行わなければ！」

エレノアは急いで自宅の修練場に戻り、夢中で剣を振り始めた。

先ほどのクラウスの動きを理想とし、再現できるように集中しながら。

「違う！　彼の動きはもっと自然で……そう、波のようだった。まだまだ効率的に剣を振るうことができるはずだ！」

エレノアはぶつぶつと呟きながら、ただひたすらに技の再現に努める。

その目に焼き付いた、クラウスの剣技に追いつけるようにと。

空想の中にいる彼を師匠としながら、剣を振るい続けた。

――さて、ここで少しゲーム世界の話を振り返る。

『アルテナ・ファンタジア』の全ルートを攻略したプレイヤーに「ヒロインのうち誰が最強だったか？」と質問した場合、多くの者がエレノアと答えるだろう。

しかしそれは決して、物語の開始時点から彼女が最強だったというわけではない。

エレノアの個別ルートに入った後、彼女はコバルトリーフ流剣術と向き合うことになり、その流れで全ての最終奥義を習得していく。そして最終的には剣術しか使えないにもかかわらず、主人公に匹敵（ひってき）する最強キャラの座に君臨するのだ。

クラウスは、その圧倒的なエレノアの力を知っていた。

だからこそ彼にとっての理想は彼女の使うコバルトリーフ流剣術であり、それを再現できるようにこれまで特訓を重ねてきていた。

しかしこの世界において、その流れは少し変わることとなる。

クラウスが再現した最終段階のエレノアを、今のエレノアが見てしまったからだ。

そして彼女は、未来の自分が至るであろう動きを理想とした修練を始めた。

その結果、待ち受けるのは原作とは比べ物にならないほどの圧倒的速度の成長であり――

「待っていろ、クラウスくん！　私は必ず君に追いついてみせる！」

――原作の物語開始タイミングを待たずして、エレノアは最強への道を歩み始めたのだった。

第十三話　国王に反意をアピールしよう！

よく分からない貴族との戦闘後。

正体がバレないよう十分に距離を置いた後、俺はきょろきょろと周囲を見渡した。

「さて、ここはどこだ？」

逃げるのに夢中だったため、場所を把握できていない。

既にマリーとの待ち合わせ時間は過ぎているし、待たせてしまっていることだろう。

そんなことを考えていると、

「ご主人様」

「っ」

背後から呼びかけが聞こえたので振り返ると、そこにはマリーが立っていた。

その事実に、俺は少し驚く。

「マリーか。指定した待ち合わせ場所はここではなかったよな？」

「はい。しかし時間が経ってもご主人様がいらっしゃらないので、私の方から来させていただきました」

「そうか」

〝探した〟ではなく〝来させていただいた〟という言葉に少し違和感を覚えたが、それ以上に気になった点があった。

「服を買ったのか」

「はい」

マリーはフードのついた、少し大きめのコートを羽織っていた。

武具店や薬屋に行っていたはずでは？　と疑問を抱く俺だったが、すぐその意図に気付く。

確かにこれだけ大きめの服なら、懐（ふところ）に暗器や毒も仕込みやすいことだろう。

感心感心。

俺は満足げに告げる。

「ふむ、いいな。（暗殺者として）よく似合っている」

「っ！　は、はい！　ありがとうございます、ご主人様！」

パアッと、顔を輝かせて頷（うなず）くマリー。

そんなやりとりをした後、俺たちはサーディスに用意してもらった宿屋に向かうのだった。

翌日。

俺とマリーは言われていた時間に王城へ向かった。

ちなみに今は、マリーも普段通り使用人の服装だ。

さすがに王城で暗殺を疑われたくはなかったのだろう。

王城の前にたどり着くと、外にサーディスが立っていた。

「お待ちしておりました、レンフォード子爵」

「ああ」

そしてサーディスの案内を受け、俺たちは王城の中を歩いていく。

その途中、ふとサーディスが「そういえば」と話題を振ってくる。

「ローラさんたちは昨日、魔王軍幹部を封印した魔道具を提出後、王国騎士団の特訓に参加していいます。お互いにとっていい刺激になっているようですね」

「そうか」

昨日から顔を見せないと思ったら、そういうことか。まあ何でもいいが。

それよりも、だ。

王城の中に入ってから向けられる、貴族たちからの視線の方がよっぽど気になっていた。

「もしかして、あの方が噂のレンフォード卿か？」

「素晴らしい戦術を部下に与え、見事に魔王軍幹部を捕らえたという〝あの〟？」

「いや、私は単独で幹部を倒したと聞いたぞ」

「いったいどの情報が本当なんだ⁉」

彼らのそんな会話が次々と聞こえ、俺のはらわたは煮えくり返っていた。くそっ、こんな風に称賛されるなんて、とてもじゃないが耐えられない！

ここでいきなり魔術を放ったら、どれだけ愉快なことになるだろうか。

そんなことを考えながら歩いていると、ようやく【謁見の間】に到着する。

大きな観音開きの扉の前で立ち止まったサーディスは、マリーに視線を向けた。

「申し訳ありませんが、ここから先は子爵のみが入室を許されています。使用人の方は別室で待機してもらいます」

「わ、分かりました」

マリーは少しだけ残念そうな表情を浮かべた後、王城に仕える使用人に案内されて別室に向かっていった。

ここから先は俺一人だ。

「では、中にどうぞ」

「ああ」

サーディスの案内を受け、俺は部屋の中に入っていく。

するとその時、

「待て！　なぜ奴（やつ）がこんなところにいる⁉　どけ、私にアイツを処分させろ！」

「お待ちください！　これからあのお方は陛下に――」

「……？」

何やらつい最近、どこかで聞いた声がしたような気がしたが、まあ俺には関係ないだろう。

そう判断し、俺は部屋の中に入っていった。

謁見の間はとても広く、数十人は中に入れそうなほどだった。

しかし驚くことに、現在は俺を除いて二人しかいない。

一人は豪華な椅子（いす）に座る、精悍（せいかん）な顔立ちが特徴的な男性。

名を、アルデン・フォン・ソルスティア。

ソルスティア王国の国王であり、ゲームにも登場する重要人物だ。

（思えば、こっちの世界に来てからゲームのキャラクターと対面するのは初めてか……）

その事実に俺は内心で感動しつつ、アルデンの前まで進み片膝（かたひざ）をついた。

すると、そんな俺に対してアルデンは言葉を投げかけてくる。

「よく来てくれた、レンフォード。顔を上げよ」

「はっ」

言われた通り顔を上げた俺は、アルデンの隣にいる人物に気付く。

その人物もまた、『アルテナ・ファンタジア』に登場するキャラクターだった。

ただ、疑問点が一つ。

（あれって多分、ウィンダム侯爵だよな？　なんで眼帯をつけていないんだ？）

ウィンダム侯爵は作中において、眼帯をつけた隻眼の貴族。だというのに、彼の両目は未だ健在だった。

もしかしたら彼の目が奪われるのは、これから先なのかもしれない。

そんなことを考えながら眉をひそめる俺を見て、アルデンは告げる。

「ふむ、どうやら我々しかいないことに驚いているようだな。普段なら他の者たちも控えているため、当然の反応であろう」

驚いているのはそれが理由ではないのだが……

だけど確かにそのことも気になっていた。

ファンタジー作品においてこういった褒賞やら勲章授与やらの場合、左右にずらりと騎士らが並んでいるイメージがあったからだ。

すると、アルデンはすぐに答えを教えてくれる。

「今回は魔王軍幹部捕獲の他、例の件についても少々尋ねたくてな。しかし、そちらに関してはあまり他の者の耳には入れたくないと思ったのだ」

「例の件……」

言われて思い出す。

例の件とは、俺がウィンダム侯爵に対してパーティーへの招待状（しかも紅茶の染みつき）

をそのまま送り返した出来事のことだろう。

もともとサーディスがレンフォード領にやってきたのも、その件に対して罰を与えるためだったはずだ。

しかし、今回はあくまで幹部捕獲に対する褒賞の場。

そんな中で俺の罪に触れるわけにはいかないと考えたのか。

俺は別によかったのに。

「では、そろそろ本題に入るとしようか」

そう前置きをした後、国王アルデンは改めて話し始めた。

「そうだな。まずは例の件について話すとするか……レンフォードよ、あの招待状を送るという判断には、さぞ勇気が必要だったことだろう」

……ふむ。

確かに紅茶の染み付き招待状をそのまま返送するなどという、貴族全員を敵に回すような不遜な行い。それを実行するには多大なる勇気がいるだろう。

――もっとも、それは小悪党の理論だ。

俺が目指すのは悪のカリスマ。その程度のことを恐れたりはしない。

なんならテンションが上がったまま、気分よく送り返したくらいだ。

だからこそ、俺は送うことなくこう答える。

「いいえ、決してそのようなことは。あの程度、私にとっては赤子の手をひねるがごとき容易な対応でございます」

「なんとっ！」

アルデンは驚愕（きょうがく）に目を見開いた。

それもそのはず、今の俺の言葉を要約すると『貴族を敵に回すなんて怖くないし、むしろこっちからガンガンやってやる！』という意味になる。

真正面から敵意を示された経験などないだろうし、アルデンが驚くのも当然だ。

その反応を見て、俺は内心でほくそ笑む。

（王都に召喚されると聞いたときはどうしたものかと思ったが、せっかくの機会だ。これを機にとことんまで、国王の心証を悪くしてやる！）

目的通りに進んでいることに満足していると、アルデンはようやく口を開く。

「……そうか。汝（なんじ）の考えは分かった。我は少々、汝を侮っていたようだ」

ほう、どうやらアルデンは俺の内側に潜（ひそ）む禍々（まがまが）しい感情にようやく気付いたらしい。

なかなか見どころがあるじゃないかと、俺は内心でアルデンを評価した。

そんなことを考えている間にも、話は進む。

「ひとまず、例の件についてはこの程度でいい。次は魔王軍幹部討伐に関してだ」

む、きたか。

身構える俺に対して、アルデンは告げる。

「魔王、およびその配下である幹部は我々にとっての宿敵。しかしその強大さのあまり、これまで各地で敗戦を重ねてきた。そんな中でもたらされた朗報。汝には貴族・平民問わず王都にいる多くの者が感謝しておる」

「っ！」

くそっ、まさか王都でも既に俺の評判が上がっていたとは。

絶望のあまり眩暈（めまい）を起こしそうになるが、何とか必死にこらえてみせた。

アルデンは続ける。

「そのため、汝には多大なる褒賞を与えたい。汝の方から、何か欲しいものはあるか？」

「……欲しいもの、ですか？」

「そうだ」

想定していなかった質問に、少しだけ動揺する。

俺の意見など聞かず、普通に金品やらが与えられるものだと思っていたからだ。

（いや、待てよ）

逆に考えれば、これはチャンスかもしれない。

ここで戦果に余る褒賞を求めれば、俺の欲深さがアルデンにもよく伝わることだろう。

さらに、それがアルデンたちにとって不敬な内容であればあるほどいい。

必死に考え抜いた末、俺の天才的頭脳は一つの答えを導き出した。

「それでは、一つだけございます」

「何だ、言ってみよ」

俺はアルデンの目を見つめ、真剣な表情で告げた。

「私は、この国で最も広大な領土を求めます」

「「なっ⁉⁉⁉」」

その言葉に反応したのはアルデンだけでなく、隣に控えているウィンダムもだった。

しかし、そうなるのも当然だろう。

この国で最も広大な領土を持っているのは誰か？　それは当然、国王アルデンである。

王家は、王都はもちろんのこと、国の各地に直轄領を保有している。

俺の今の発言は『いずれその座を奪ってやる』という、王家への宣戦布告そのものと捉えることもできるのだ。

これは不遜を通り越して、処刑すらありえる行為。

冷静になって考えてみると、ちょっとはしゃぎすぎたかな？　と思う俺に向けて、アルデンは震える声で話しかけてくる。

「……レンフォードよ、それは心の底からの言葉か？」

今ならまだ、冗談で許してやるという提案だろう。

しかし一度発言した手前、こちらとしても引くつもりはない。

ここで引く奴が、ラスボスになんてなれるものか！

「ええ、もちろんでございます」

「……そうか」

アルデンは頭を抱えて、椅子の背もたれに寄りかかる。俺にどんな罰を与えるべきか、必死に考えているのだろう。

まっ、こうなるのも当然だ。

まさか、この要望に応えてくれるわけもないし——

「……その要望に対する可否はすぐに答えられん。もう数日、考える時間をくれ」

——え？　もらえる可能性あるの？

まさかの展開にびっくりしている俺の前で、アルデンは告げる。

「それでは今回の謁見はここまでとする。レンフォードよ、大儀であった」

「はっ」

最後だけよく分からない展開になったが、とりあえずこれで謁見は終わりのようだ。

まあ、できるだけのことはした。

そう悪いことにはならない——否、悪いことにしかならないだろう（悪のカリスマ的にはこれで正解）。

俺は満足しつつ、謁見の間を後にするのだった。

ソルスティア王国の国王、アルデン・フォン・ソルスティア。

ゲームの登場人物であると同時に、とあるメインヒロインの父親でもある彼は、目の前にいる少年に興味を持っていた。

少年の名はクラウス・レンフォード。

若くしてレンフォード家の当主となった彼は、なんと既に幾つもの著しい成果を上げていた。

そのうちの一つが、ウィンダム主催のパーティーにおける『幻影の手』襲撃の予知。

クラウスはどこからかその情報を入手するとともに、暗号にしてウィンダムに伝えるという手段を取った。その結果、見事に襲撃による被害を抑えることに成功したのだ。

もしこのことが周囲にバレれば、クラウスは主犯から恨みを買う恐れがある。

にもかかわらずその行動を選択したことに、アルデンは心から称賛の念を抱いていた。

だからこそ、まずはこの話題から切り出すことにした。

「そうだな。まずは例の件について話すとするか……レンフォードよ、あの招待状を送るという判断には、さぞ勇気が必要だったことだろう」

しかし、その称賛に対するクラウスの返答は意外なものだった。

「いいえ、決してそのようなことは。あの程度、私にとっては赤子の手をひねるがごとき容易な対応でございます」

「なんとっ！」

クラウスの返答を聞き、アルデンは驚愕に目を見開いた。

もちろん、立場的にもクラウスが謙遜した答えを返してくるだろうとは予測していた。

だが、今の発言に限っては一切の嘘偽りが感じられない。

クラウスは心の底から、あれだけの行動が容易だったと思っているのだ。

「……そうか。汝の考えは分かった。我は少々、汝を侮っていたようだ」

クラウスという存在に底知れなさを感じながらも、アルデンは話を進める。

次は本題となる、魔王軍幹部捕獲の一件についてだ。

「魔王、およびその配下である幹部は我々にとっての宿敵。しかしその強大さのあまり、これまで各地で敗戦を重ねてきた。そんな中で訪れた朗報。汝には貴族・平民問わず王都にいる多くの者が感謝しておる」

魔王軍幹部の捕獲など、王国騎士団が総出でかかったとしても、そう簡単に成し遂げられることではない。

それをこれだけの若さで成し遂げたクラウスはまさに稀代の名将といえるだろう。

これだけの逸材を自分のもとから手放すわけにはいかない。彼が求めるなら、金品であれ爵位であれ、できる限りの希望を叶えるつもりだった。

しかし直後、クラウスが発した言葉はアルデンの予想を大いに裏切るものだった。

「私は、この国で最も広大な領土を求めます」

「「なっ⁉︎⁉︎⁉︎」」

アルデン、そして隣に控えるウィンダムは驚愕に目を見開くとともに、体を大きく震わせた。

それほどまでに、今のクラウスの発言は衝撃的なものだったからだ。

ソルスティア王国における最も広大な領土。

それはずばり、人間界と魔界を隔てる【冥府の大樹林】そのものだった。

というのも、始まりは数百年前までさかのぼる。

かつて冥府の大樹林は【恵みの大地】と呼ばれていた。土地全体に満ちた潤沢な魔力により動植物の恵みが多かったほか、強力な魔術師などが多く育つ素晴らしい環境だったからだ。

ソルスティアの中で最も豊かな領土であると同時に、魔界に対する最前線の防衛地として栄えていた。

しかし、ある日を境に、土地に満ちる魔力の量が激増した。

それによって植物は異常成長し、大樹林を形成するに至る。さらには大量の魔力によってモンスターも著しく強化され、人が住める環境ではなくなってしまった。

当然、当時の国王はその事態を重く見て再び開拓を試みた。

が、何度樹木を切り倒そうが、瞬く間に元通りになってしまう。

やがて国王は開拓を諦め、現在のマルコヴァール領まで後退することになった。

その後、何人もの貴族が開拓を申し出たが、結果は決まって失敗のみ。

すぐに誰もそんなことを申し出なくなった。

とはいえ、だ。そんな過去があるものの、【冥府の大樹林】がソルスティア王国に属する最大の領土であることは今も変わらない。

当然、そのことを知らないクラウスではないだろう。

もし知らなかったらただのバカである。

（まさか私の世代となって、あの魔境を引き受けようとする者が現れるとは……）

普段なら「馬鹿を言うな」と一蹴するところだが、目の前の少年の才覚は計り知れない。

彼なら本当に成し遂げてしまうのではないかと思えてしまった。

念のため、確認だけはしておく必要があるだろう。

「……レンフォードよ、それは心の底からの言葉か？」

「ええ、もちろんでございます」

「……そうか」

クラウスはアルデンの目をまっすぐに見つめ、真剣な表情でそう答えた。

過去数百年、誰も成し遂げられなかった偉業に挑むというのに、その顔に恐れの色はない。

その勇敢さに、アルデンは称賛を超えた畏怖（いふ）の念を抱いた。

とはいえ、これぱかりはこの場で簡単に許可を出せるものではない。

ゆえに、

「……その要望に対する可否はすぐに答えられん。もう数日、考える時間をくれ」

クラウスにはそう告げ、この場はいったん退室してもらうことになった。

謁見の間に残されたアルデンとウィンダムは、クラウスがいなくなると同時に自然と顔を見合わせる。

「……まさか我が国に、あれほどの傑物が眠っておったとはな」

「ええ、やはりレンフォード子爵は偉大なお方ですね」

例の件以来、クラウスをこれ以上なく評価するウィンダムを見て疑うこともあったが、今ならそうしたくなる気持ちも十分に理解できた。

そんなことを考えるアルデンに対し、ウィンダムが「ところで」と切り出す。

「レンフォード子爵が【冥府の大樹林】を開拓するためには、マルコヴァール辺境伯の許可を取る必要がありそうですね」

「……そうだな」

マルコヴァール辺境伯は以前、ウィンダム侯爵に攻撃を仕掛けた主犯と思われる貴族だ。

そして100年以上もの間、【冥府の大樹林】に接する大領地を治めている一家でもあった。

大樹林の開拓を行うには、その準備を整えるための仮拠点が付近に必要となり、そのためにはマルコヴァール領の一部を借り受けなければならない。

当然、辺境伯からは反対されるだろうが……

(先日の一件における罰として、強制的に協力させることはできるだろう。しかし……)

辺境伯には既に罰として、しばらくの間議会での発言権を没収している。

さらなる罰を与えるのは、周囲の貴族を含めて反感を買う恐れがある。

クラウスが本当に開拓できるか分からない中で、それだけのリスクを負うべきか悩むアルデン。そんな彼の前で、ウィンダムはポツリと呟く
「……もしかしたら、レンフォード子爵の本当の狙いは大樹林ではないかもしれません」

「どういうことだ？」

尋ねると、ウィンダムはアルデンに真剣な表情を向ける。

「ご存じの通り、マルコヴァール領とレンフォード領は一部が接しています。それゆえ、前回の襲撃に関する情報もいち早く入手できたのでしょうが、これで完全に辺境伯の狙いを無力化できたわけではありません」

「マルコヴァールは、今後も襲撃を企んでいると？」

「ええ、その可能性は高いかと。そしてここからが重大な点ですが、先日の実行犯は『幻影の

手』。彼らは人と魔族が手を組んで生まれた組織です。では、その主犯と思われる辺境伯はどこで魔族と繫がったのでしょう？」

「それは……まさか、【冥府の大樹林】か⁉」

ウィンダムの発言の意図を理解すると同時に、アルデンはバッとその場で立ち上がった。

大樹林は人間が突破できる環境ではないとされているが、魔族の上位個体ならそれも可能だろう。

驚愕に言葉を失う国王に対し、ウィンダムは続ける。

「恐らくは。そしてそれは当然レンフォード子爵も知っていることでしょう。そこで子爵は開拓を表向きの理由とし、マルコヴァール領の一部を拠点とすることで監視の目を強める意図があるのではないでしょうか？」

「なっ！　それは本来、国王の我が行わなくてはならない役目だぞ。わざわざ褒美を捨ててまで、そのような面倒ごとを背負う領主がいるというのか？」

「ええ、なにせ子爵はあの密告を〝容易〟と答えられるほどの、知恵と勇気に満ちたお方ですから」

「っ！」

ウィンダムの予想を聞いた今、アルデンはそれが正解としか思えなくなっていた。

常人離れした卓越した頭脳を持ちながら、それを惜しみなく国のために使おうとする献身性。

まさしく、過去に類を見ないほど圧倒的な傑物だ。

アルデンはクラウスに対し、尊敬や畏怖を超えた感情を抱き始めていた。

「……なんということか。彼のような存在がいる限り、我が国の未来は安泰だな！」

「ええ、間違いないでしょう。もっともレンフォード子爵であれば、本当に開拓まで成功させてしまうかもしれませんが」

「それぱかりはさすがに厳しかろうが……あれだけの傑物ならあるいは、と思ってしまうな。よし、それでは成功するかどうか賭けでもしようではないか。我は開拓成功に賭けさせてもらおう」

「おや、その二択でしたら私も当然、成功に賭けますが」

「おっと、これでは賭けにならんではないか」

「「ははははは」」

二人はしばらく笑ったのち、クラウスに対する称賛の言葉を次々と口にしていく。

その賛美は部下がアルデンを呼びに来るまで続いた。

かくして、またしてもクラウスの知らないところで、国王たちからの信頼度が爆上がりしてしまうのだった。

第十四話　なんか入ってる紅茶と菓子を楽しもう！

「それでは、こちらがレンフォード様のお部屋になります」

アルデンとの謁見後、城の使用人に連れてこられたのは来客用の一室だった。

王都に滞在する間は、この部屋を使うように言われている（昨日は予定より早く到着したため、貴族用の宿屋を使ったが）。

「そういや、マリーはどこに行ったんだ？」

俺が謁見の間に入る前、どこか別室に案内されていた様子だったが……

どうやらこの部屋に待機しているわけではないみたいだ。

「まあいいか。それより今ごろ、アルデンたちは俺の悪口で盛り上がってるんだろうな～」

そう呟きながら伸びをしていると、コンコンとノックの音が耳に飛び込んでくる。

マリーが来たのだろうかと思いつつ、入室の許可を出す。

「入っていいぞ」

「失礼いたします」

そう言いながら入ってきたのは、城の使用人らしき見知らぬ女性だった。

その手には、紅茶の入ったポットと茶菓子が握られている。

「こちら、王都で大人気の紅茶と茶菓子になります。ぜひ、レンフォード様に召し上がってほしいと仰せです」

「？　ああ、分かった」

「それでは、ゆっくりとお召し上がりください」

そう言い残し、よく分からない女性は部屋を去っていった。

誰からの差し入れか聞くのを忘れたが、大方アルデンやその辺りだろう。

今回の俺は魔王軍幹部を討伐した賓客扱い。丁寧な対応になるのも当然だ。

「丁重に扱われることには不満があるが、うまい物が食えること自体に文句はない。せっかくだ、せめてもの役得として頂くとするか」

そう呟いたのち、俺は紅茶の入ったカップに手を伸ばす。

そしてゆっくりと、紅茶を口に含んだ。

「ふむふむ。これが今、王都で大人気の紅茶か。確かに豊かな風味が……ん？」

紅茶を味わっているうちに、俺はどこか違和感を覚えた。

確かに風味自体は豊かなのだが、その奥に形容しがたい苦みが存在する。それが全体の旨味をかき消しており、端的に言ってあまり美味しくなかった。

「これなら普段、マリーの淹れてくれるものの方が美味いな」

正直ガッカリだが、まだ茶菓子が残っている。

これはパウンドケーキだろうか。俺は贅沢に、大きな口でそれにかぶりついた。

「うん！　こっちは甘みもあって、なかなかの味わい――――」

その直後だった。ほんの少しだが、腹の中で熱が生じたような感覚が襲ってきた。

これはあれだ、激辛料理を食べた時によく似ている。

俺は盛大に困惑した。

「今の王都では激辛菓子が人気なのか……？　いや、それともあれか。一つだけ外れの入ったドッキリ用として人気なんだな。うん、そうに違いない！」

自力で答えにたどり着いた俺は、改めて自分の天才的頭脳に惚れ惚れする。

すると、そこに再びノックの音が飛び込んできた。

「入れ」

「失礼いたします、ご主人様」

部屋に入ってきたのは、今度こそマリーだった。

「マリーか、遅かったな」

「は、はい、別室で待機を言い渡されていたのですが、謁見が終わったと聞き急いでこちらに参りました」

「そうか。ところで城の使用人から茶と菓子をもらったんだが、お前もいるか？」

そう提案すると、マリーはテーブルに置かれている紅茶と菓子に視線を向ける。

瞬間、その目が鋭く細められた。

「なるほど。私以外の誰かが、ご主人様に給仕を……そうですか、ふふふ」

「マリー？」

何やら雰囲気がおかしかったので名前を呼ぶと、マリーがハッと顔を上げた。

「い、いえ、何でもありません。ご主人様のご厚意、ありがたく頂戴いたし……」

そう言いながら、マリーはテーブルに近づいていく。

しかし、紅茶に手を伸ばそうとしたタイミングで動きを止めた。

「これはまさか……」

「どうかしたのか？」

尋ねると、マリーは真剣な表情を俺に向ける。

「ご主人様は、既にこれらを召し上がったのですか？」

「ああ、そうだが」

そう答えると、マリーは目を見開いて衝撃を受けていた。

いったいどうしたのだろうか。

もしかして一人で全部食べたかったとか？　実は食いしん坊なのかもしれない。

そんな風に、マリーの意外な一面を知って驚いていた、その時だった。

プゥ～ン

「ん？」

何やら空中から耳障りな音が聞こえたため、その発信源を右手で握り潰す。

拳を開くと、そこには虫の死骸が残されていた。

「ふむ、虫がいるようだな」

王城内は厳重な警備体制が敷かれ、ネズミの一匹たりとも侵入できないようになっているはずだが……さすがに虫ほどのサイズになると話は別というわけか。

「虫……？　はっ、まさか！」

そんな風に考える俺の前で、なぜかマリーは大げさな反応を見せていた。

どうやら彼女は虫が苦手みたいだ。

かと思った直後、マリーは突然テーブルに指を向ける。

「ご主人様、これらの残りを全て私が頂いてもいいでしょうか？」

「それは構わないが」

「ありがとうございます。それから少しの間ここを離れさせていただきますが、どうかご容赦ください」

ポットと茶菓子を持ったマリーはそう言い残し、颯爽と部屋から去っていく。

主人の前で菓子をたくさん食べるところを見られたくはなかったとか、その辺りが理由だろうか。

「まあ何でもいいか。マリーの知らない一面を見られたのは面白かったけどな」

そう呟きながら、俺は特に何の事件も発生しない、優雅な時間を謳歌するのだった。

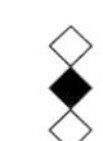

――さかのぼること数十分。

「許さん……決して許さんぞ！」

王都に暮らす貴族の一人であるブラゼク伯爵は現在、怒りに打ち震えていた。

その理由には、ある少年が大きく関係している。

最初のきっかけは昨日。ブラゼクがありがたくも町の平民に声をかけている途中に、その少年が邪魔をしてきた。そしてあろうことか、何かしらの卑怯な手段を用い、錆びた剣でブラゼクを痛めつけてきたのだ。

それだけでも到底許しがたいというのに、だ。

たった今、王城にやってきたブラゼクの目にその少年の姿が飛び込んできた。

「待て！　なぜ奴がこんなところにいる⁉　どけ、私にアイツを処分させろ！」

「お待ちください！　これからあのお方は陛下に――」

恨みを晴らそうと奮起するブラゼクだったが、城の使用人に止められる。

何でも話を聞くに、彼が最近王都でも噂になっているレンフォード子爵であり、魔王軍幹部討伐の褒美を今からもらうとのことだった。

それを聞いたブラゼクは、さらに怒りを膨らませた。

(陛下から直々に褒美をもらうだと⁉　あのような若造が⁉　ありえんありえんありえん、これは何かの間違いだ！)

昨日ブラゼクを打ち負かしたのと同様に、何か卑怯な手で成果を上げたのだろう。

そう確信したブラゼクは、自分の手でクラウスを罰するしかないと判断した。

「ククク、そうと決まれば――」

ブラゼクはすぐさま計画を立て、実行に移すのだった。

『こちら、王都で大人気の紅茶と茶菓子になります。ぜひ、レンフォード様に召し上がってほしいと仰せです』

『？　ああ、分かった』

『それでは、ゆっくりとお召し上がりください』

数十分後、その光景を視ながら、ブラゼクはにやりと笑みを深めた。

ブラゼクの計画はこうだ。直属の部下を城の使用人に変装させ、【謁見の間】から出てきたクラウスが待機している部屋に向かわせる。

そして、とっておきの〝贈り物〟をその場に残して退散させる。

贈り物は全部で三つ。紅茶にパウンドケーキ、それから虫の形をした極小の監視用魔道具。

その魔道具から流れてくる映像を、ブラゼクは満足げに眺めていた。

「さあ、私に歯向かったことを後悔するんだな」

今か今かと期待するブラゼクの前で、クラウスは紅茶に手を伸ばす。

そして迷うことなく、それを口に含んだ。

『ふむふむ。これが今、王都で大人気の紅茶か。確かに豊かな風味が……ん？』

ようやく何かに気付いたような素振りを見せるが、もう遅い。

役立たずをパーティーから追放した後くらい、もう遅い。

「ふはは、飲んだな！　その紅茶には、体長10メートルを超えるAランク魔物・クラッシュエレファントを昏倒（こんとう）させるほどの猛毒が含まれている！　これで貴様は終わりだ！」

高らかに笑うブラゼク。

しかし――

『これなら普段、マリーの淹れてくれるものの方が美味いな』

「なっ⁉︎⁉︎⁉︎」

どういうわけか、クラウスが倒れることはなかった。

まさか部下が毒を入れ忘れた？　いや、確かにクラウスは紅茶の異変に気付いていた。

であれば、何か別の理由が――

ここまでを考え、ブラゼクはブンブンと首を左右に振った。

「いや、待て、落ち着け。私が用意した策はもう一つある。偉大なる貴族は、一つの作戦が失敗した程度で狼狽(うろた)えたりはしないのだ」

これ以上なく狼狽えた後という事実を忘れ、ブラゼクは映像に集中する。

その時、クラウスがパウンドケーキに手を伸ばした。

ブラゼクは再び笑みを深める。

「くはは、愚かなり！　そのケーキには最高硬度の鱗(うろこ)を持つAランク魔物・ダイヤモンドタートルの鱗を吹き飛ばすほどの魔粉火薬が含まれている！　それが腹の中で爆発(ばくはつ)し、貴様の体は木っ端(こっぱ)みじんとなるだろう！」

確信するブラゼク。

しかし――

『今の王都では激辛菓子が人気なのか……？　いや、それともあれか。一つだけ外れの入ったドッキリ用として人気なんだな。うん、そうに違いない！』

「なななっ⁉」

クラウスは一瞬だけ驚いた表情を浮かべたものの、全く無事なまま意味の分からないことを口にしていた。

その光景を視て、ブラゼクはこれ以上なく動揺する。

「な、なんだ、何が起こっている⁉　なぜ毒も爆薬も全く効かない⁉　まさかこれらへの耐性があるとでも言うのか⁉」

奇しくもブラゼクの予想は正しかった。

クラウスはマリーに給仕される際、常に状態異常耐性アップと熱耐性アップの魔術をかけ続けていた。その結果、完全無効とまではいかずとも、魔術をかけていない際にも一定の毒や熱なら無効化するほどの耐性を有していたのだ。

そのため、ブラゼクの用意した毒と爆薬ごときではクラウスに大したダメージを与えることはできなかった。

それどころか、自然治癒によりクラウスは既に完全回復している始末。

しかし、それを知らないブラゼクは動揺することしかできない。

いったい自分の何が間違っていたのか、考え続けるブラゼクだったが――

『ん？　ふむ、虫がいるよう――』

――そんな言葉とともに、ブチッ！　という音が聞こえて映像が途切れる。

どうやら何かの拍子に、魔道具を潰されてしまったらしい。

それからしばらくして、ブラゼクはようやく平静さを取り戻した。

「ふぅ、今回は失敗したが情報は入手できた。次は絶対に失敗しないよう、気をつければいいだけだ」

そこでふと、ブラゼクは喉が渇いていることに気付く。

今まで少し大声を出しすぎたせいだろう。

「おい、誰か飲み物を持って……ん？」

そこでブラゼクは、テーブルの上に紅茶とパウンドケーキが置かれているのに気付いた。

いつの間にか部下が置いていったのだと理解し、なかなかできる奴だと満足して頷く。

「あの不届き者に渡した分には毒を入れたが、この紅茶とケーキが王都で大人気なのは事実だ。今はこれを食べて落ち着くとしよう」

貴族は常に優雅でいなくては。

そう考えながら、ブラゼクはパウンドケーキを一口で頬張り、紅茶をゴクリと一気飲みする。

「うむ、どちらも確かな美味さブハァァァッッ⁉⁉⁉⁉」

その時だった。体の内側でこの世のものとは思えない熱が生じ、同時に手足を痺れさせる成分が全身に染み渡っていく。

言葉をも失う苦しみの中、ブラゼクはようやく理解した。

（これはまさか、レンフォードが食した残り!? だが、なぜそれがここにある！）

もしや部下が裏切りでもしたのだろうか？

ブラゼクは部屋の中をのたうち回りながら、必死に周囲を見渡す。

そして、それを見つけた。

「……っ、誰、だ」

部屋の片隅には、大きめのコートを羽織った何者かが立っていた。

フードを深くかぶっているため、それが誰なのかは分からない。

はっきりしているのは、その人物が悪意を持ってブラゼクに近づいてきたこと。

暗闇（くらやみ）に潜（ひそ）む暗殺者はおもむろに口を開く。

「これは断罪です」

その声色からようやく、その人物が女であると気付いた。

（いったい、貴様は……）

薄れゆく意識の中、ブラゼクは彼女の言葉に耳を傾ける。

「自らの罪に向き合い、眠りなさい」

そしてブラゼクは、ゆっくりと意識を失う。

「……これも全ては、ご主人様の意思なのですから」

ブラゼクが気を失ったのを見て、謎の暗殺者――マリーは静かにフードを外した。

「ご主人様が一部を召し上がったことにより威力が軽減していたためか、亡くなってはいないようですね」

そのことを確認し、マリーは自らの主人に思いをはせる。

「これで、ご主人様の期待に応えることはできたでしょうか……」

時は再び、マリーがクラウスの部屋にやってきたタイミングまでさかのぼる。

マリーはクラウスの部屋で紅茶とパウンドケーキを見た際、すぐに毒と魔粉火薬が含まれていることを理解した。

さらにクラウスに確認したところ、既に召し上がった後だという。

それを聞いたとき、マリーは衝撃に気を失いそうになった。

(ご主人様が毒と爆発物を摂取した⁉　いえ、こうして会話ができている以上は無事に済んだのでしょうが、どうして……)

クラウスほどの賢者であれば、自分ごときが気付いた毒や魔粉火薬に気付かないはずがない。

ということは、そこには何か大きな意味が込められていることになる。

必死に考え、マリーはようやく答えにたどり着いた。

（これはもしかして、私に対する勧告なのでしょうか？）

マリーは以前、クラウスに連れられて様々な魔物を討伐した経験があった。

その際、マリーは理解したのだ。

クラウスが自分に求めているのは、ただの従者としての役割ではない。どんな不届き者からもクラウスを守れるような、戦う力を持った究極のメイドであると。

にもかかわらず今回、マリーは主人の危機的状況の場に居合わせることができなかった。

謁見の際に離れ離れにされたという事情はあるにせよ、そんなことは言い訳にすらならない。

だからこそクラウスはそれを窘（たしな）めるためにあえて、毒が入っていることを知ったうえで紅茶とケーキを召し上がったのではないだろうか？

『お前が油断したことにより毒を盛られた。この状況を生み出したお前はメイドとして失格だ』

――そう伝えるために。

（そんな……私では、ご主人様のメイドにはふさわしくなかったのでしょうか？）

自分の失態に落ち込んでしまうマリー。

しかしそんなマリーの前で、クラウスはいきなり空中を握りしめた。

開かれた手の中には、何やら魔道具の残骸のようなものがある。

「ふむ、虫がいるようだな」

「虫……？　はっ、まさか！」

その魔道具を指して虫と呼んだクラウスの意図を、マリーは遅れて理解した。

虫――すなわちその魔道具は、クラウスを傷つけようとした何者かによって用意されたもの。

その事実をクラウスは、婉曲にマリーへと伝えていた。

ここに含まれる意図はたった一つしかない。

『この主犯の正体をお前なら見つけられるか？』という、クラウスからの試練だ。

（せっかくいただいた挽回の機会、決して逃すわけにはいきません！）

マリーは覚悟を決め、すぐに行動を開始した。

とはいえ、それから先の行動自体はあっという間に終了した。

というのも、だ。

先日の魔物討伐の際、マリーはクラウスから勧められた魔術の数々を習得していた。

魔術の内容は気配遮断・魔糸操作・影魔術など。並びから分かるように、クラウスの手によって半強制的に暗殺者用のスキルツリーを伸ばされていた。

そして極めつきの点として、なんとマリーは既に固有魔術に目覚めていた。

その内容はクラウスすら把握しておらず（マリーは固有魔術の存在自体を知らないため、なんかいきなり便利な魔術を覚えちゃった程度の認識で報告していない）、しかし最強クラスの効果を秘めていた。

名を【追跡転移（マーキング・ジャンプ）】。

指定した魔力が存在するところまで、瞬時に転移が可能となる魔術である。

いついかなる時でもクラウス（ご主人様）のもとにはせ参じたいというマリーの強い想（おも）いによって覚醒（かくせい）した力であった。

奇しくもマリーは、既に暗殺者として最高峰の技量（スキル）を手に入れていた。

マリーは今回、苦渋の判断で指定先（マーキング）をクラウスから虫に切り替える。

そして、転移を発動した。

「【追跡転移（マーキング・ジャンプ）】」

その後の流れは、特に語る必要はないだろう。

ブラゼクの私室に転移したマリーは、気配遮断を使いテーブルに紅茶と菓子を置く。

そして、それをブラゼクが食べて気絶するところまでを眺めていた。

（昨日、待ち合わせ時間になってもいらっしゃらないご主人様のもとに転移（ジャンプ）した時にも見かけた方ですね。なるほど、愚かにもあの時の恨みを晴らそうとしたわけですか……罰として貴方（あなた）は同じだけの痛みを味わわなければなりません）

ブラゼクが気絶したことを確認したマリーは、再びマーキング先をクラウスに代え、主人の部屋の前に転移する。

そして部屋に入った後、真剣な表情でクラウスに告げた。

「ご主人様のご期待に応えるべく、諸々（紅茶や虫など）を処分してまいりました」

「期待……？　まあ、うん、よくやった」

対するクラウスは、紅茶とパウンドケーキを独り占めしただけで処分だなんて大げさだなと思いながらも、とりあえずマリーの言葉に深く頷くのだった。

謁見の間でのやり取り以降、特に問題の起きない平和な時間を過ごした後の夜。

あまり眠る気分にならなかった俺は、部屋を出て王城の中を散策していた。

「王城自体は当然ゲームにも出てきてたけど、細かい部分まで見られるわけじゃなかったからな。これは新鮮だ」

バレたら怒られそうだが、ワクワクを抑えられない。

そもそもその程度で決意が揺らぐ俺ではない。

そんなことを考えながら廊下を歩いていると、どこか見覚えのある光景が視界に入った。

「ここは何かで見たことあるぞ？　そうだ、ゲームのイベントスチルに登場していたんだ」

同時に、そのイベントスチルの内容も思い出す。この場所で登場したのは確か、『アルテナ・ファンタジア』におけるヒロインの一人である――

「ちょっと、そこの貴方！　いったいここで何をしているのです！」

――その時、透き通りながらも芯の通った、前世で何度も聞いたことのある声が鼓膜を震わせた。

まさかと思いながらも、俺は声のした方に視線を向ける。

するとそこには一人の少女が立っていた。

「お前は……」

貴族らしい豪奢な服に身を包み、月光のような白銀の長髪が特徴的な美しい少女。

俺は彼女のことを知っていた。

それもそのはず。何せ彼女こそ『アルテナ・ファンタジア』のパッケージ中心に立つ、ヒロインの中でも特別な扱いをされていた攻略対象キャラクター。

ソルスティア王国の第一王女兼メインヒロイン。

ソフィア・フォン・ソルスティアその人だったのだから。

第十五話　王女に身の程を教えよう！

王城を探索する俺の前に現れたのは、白銀の長髪が特徴的な美少女——『アルテナ・ファンタジア』にも登場する、王女ソフィア・フォン・ソルスティアだった。

動きやすそうな服装と、腰には剣が携えられていることから察するに修練後なのだろう。

「貴方、ここは王族の関係者しか立ち入ってはならない区画と知っての狼藉ですか⁉　名前と所属を答えなさい！」

ソフィアはそう叫びながら、ビシッと俺に指を突き付けてきた。

（……さて、どうするか）

まだゲーム内ヒロインと出くわす予定はなかったのだが、考えようによってはいい機会かもしれない。

ここで俺が名乗れば、ソフィアは俺に対して悪感情を抱くことだろう。

よって悩みに悩んだ末、俺は素直に素性を明かすことにした。

「俺はクラウス。レンフォード家当主、クラウス・レンフォードだ」

せっかくなので、少しマンガっぽい言い回しも意識してみた。

しかし、

「そうですか、クラウス……クラウス・レンフォード……？」

残念ながら、その名乗り方にソフィアは反応してくれなかった。

かっこつけた手前、ちょっとだけ恥ずかしい。

そんな俺の前で、ソフィアは何かを思い出したかのようにバッと顔を上げる。

「貴方……もしかして、魔王軍幹部を単独で捕獲したという、あのクラウスですか？」

どうやらその噂は王女のもとにまで届いてしまっていたらしい。

必死に否定してやりたいところだが、今さらもう手遅れだろう。

俺はこくりと頷いて返した。

「ああ、そういうことになっている」

「ふ～ん。そうですか、貴方があの……」

そう言いながら、ソフィアはジロジロと俺の身体を眺めてくる。

そして数秒後、何を思ったのかザッと長い髪をかき上げた。

「ふん！　貴方のような者が単独で倒せるということは、魔王軍幹部もそう大したことはないのですね！　私が同じ立場でも同じ成果を挙げていたことでしょう！」

「ふふっ」

「ちょ、ちょっと貴方、いま私を鼻で笑いませんでしたか⁉　不敬、不敬ですよ！」

俺の反応を見たソフィアは、怒りで顔を真っ赤にしながら文句を言ってくる。

とはいえ、今の笑いは決して彼女を馬鹿にしたわけではなかった。

ソフィアの文句を聞き流しながら、俺は『アルテナ・ファンタジア』における彼女のことを思い出す。

原作においても彼女は登場時、プライド満点の典型的な王女様キャラだった。

しかし物語序盤に行われた主人公との決闘に敗北したことで心機一転し、作中屈指の人格者&実力者へと成長するのだ。

そして彼女の個別ルートでは、過去のことも語られていた。

もともとソフィアは剣と魔術の才能に恵まれており、王家の歴史を辿っても類を見ない速度で実力を身に付けていた。

しかしそれだけなら、彼女は自信を持つことはあれど、周囲に傲慢な態度を取ることはなかっただろう。

だけど時を同じくして、魔王復活の兆しがあることが判明する。魔王討伐には王家の血を引く者の力が必要と言われており、ソフィアには周囲からの期待が一身にのしかかった。

それがソフィアにとっては重圧となり、その重さに負けないよう、気丈に振る舞うようになってしまったのだ。

そういった事情を知っているからこそ、今の強気なソフィアを見て微笑ましくなってしまったというわけである。

こいつもいずれ現実を知り、そこから這い上がってくることだろう。

よし、せっかくだしアドバイスしてやろう。

「ソフィアよ、お前はプレッシャーなんて気にせず、自分の思うがままに生きるがよい」

「呼び捨て⁉　お前呼ばわり⁉　いきなり意味の分からない助言⁉　ふ、不敬すぎてよく分からなくなってしまいました。こ、これは現実なんでしょうか……」

ソフィアは手で頭を押さえながら、くらくらとその場で倒れそうになる。

変わった奴だなぁと思いながら眺めていると、彼女はなんとかギリギリで踏みとどまった。

そして腰の剣に手を当て、キッと俺を睨みつけてきた。

「貴方、ふざけるのもその辺りにしておいた方がよろしいですよ。それともお望みのようなら、私自ら処分いたしましょうか？」

「俺に勝てるつもりか？」

「当然です。私はいずれ魔王を倒す身なのですから、貴方ごときに苦戦もいたしません」

「……ほう」

自信か虚勢か、堂々と告げるソフィア。

そんな彼女を見て感心する一方、俺はふとある疑問を抱いた。

もし今後、原作通りにシナリオが進めば、確かに彼女は魔王に勝てるだけの力を手に入れられるだろう。

そしてラスボスであるルシエルとも対等に渡り合えるようになるかもしれない。

だが、ここで一つ大きな問題が発生する。

そもそもの話、俺がなぜ悪のカリスマを目指しているか？

そう、それはルシエルを超える実力を持ったラスボスとしてソフィアたちの前に君臨するためである。

しかしその時、彼女たちは俺とまともに戦うことができるだろうか？

正直言って、決戦時の勝ち負けに俺は興味がない。主人公たちに俺が倒されることになろうと、逆に俺が彼らを撃ち滅ぼすことになったとしても構わない。

そこに劇的なロマンさえあれば俺は満足できるはずだ。

だが、その内容が一方的な戦いになるとすれば話は別である。

最高のヒーローが生まれるためには、最凶のヴィランが必要なように。

最凶のヴィランが君臨するためにも、最高のヒーローが必要なのだ。

そこまでを考え、俺はソフィアをちらりと見る。

「な、何ですか?」

「…………」

「な、何か言ってください！」

順調にいったとしても、彼女が主人公と出会って意識を改めるのは数か月後になる。

そこからの成長速度で、果たしてルシエルを超える存在になる予定の俺に渡り合うことはできるだろうか？

答えは当然、否である。

その未来を回避するためには、今日この瞬間から彼女には現実を知ってもらう必要がある。

そうと決まれば――

「よし、決めたぞ」

「な、何をですか？」

「そこまで言うのならソフィア、お前にはこれから俺が身の程を教えてやる」

「突然なにを言い出すのですか⁉　くっ、とうとう本性を現しましたね。それならこちらとしても対抗策があります！」

ソフィアはそう叫び、腰の剣を抜こうとする。

「今ここで、私が貴方を倒――」

「【空間凍結(フリーズ)】」

「――ってぇえ⁉　け、剣が抜けません！　卑怯(ひきょう)ですよ！」

ソフィアは透き通るような青色の瞳(ひとみ)に涙を溜(た)めながら睨んでくる。

「くっ、こうなったからには仕方ありません、城中の騎士を呼んで――」

「消音魔術も発動してるから、どれだけ叫んでも来ないと思うぞ――【運搬包風(キャリー・ウィンド)】」

「きゃあっ！　私の体を風が包んで浮かばせてっ！　い、いったい私をどこに連れて行くつもりですか⁉」

「まあまあ、気にするな」

「気にするに決まっているでしょう⁉　ただで済むとは思わないことです！　私には城から連れ出された瞬間、結界によって城中にその事実が響き渡るような警備魔術がかけられて――」

「それなら今解除させてもらったから大丈夫だ。よし、それじゃ行くぞ！」

「きゃ、きゃぁあああああ！」

俺はソフィアを風魔術で浮かせたまま、城の窓から外に飛び出した。

ソフィアは絶叫しているが、それも消音魔術によって周囲には漏(も)れない。

ギャーギャー騒ぐソフィアとともに空を飛びながら、俺は思考する。

(う～ん、ソフィアに身の程を知らせるのにちょうどいい場所はっと……そうだ！　あのダンジョンに連れて行こう！)

こうして俺とソフィアは、一夜のダンジョン攻略を行うことになるのだった。

王都を出発してから約30分。

目的地にたどり着いた俺は、ソフィアとともにゆっくりと着地する。

最初は騒いでいたソフィアも今では落ち着きを取り戻したのか（諦めただけかもしれない）、服装を整えながら「はあ」とため息を吐いていた。

「まだ状況に対する理解が追い付いていません。まさか私が攫われるなんて……」

「おいおい、まるで人を誘拐犯みたいに言わないでくれるか？」

「かんっぜんにっ！　誘拐ですけれどっ⁉⁉⁉」

元気が有り余っているらしいソフィアを尻目に、俺は視線を前に向ける。

今、俺たちがいるのは王都の近くに存在する【エルトリアの森】。

その中心には開かれた区域が存在し、ポツンと一つの台座が存在していた。

台座の上には強そうな獅子の像が置かれている。

俺は台座の前まで行くと、ゆっくりと獅子の像に触れた。

「さて、ちゃんと開いてくれるといいんだが……」

その言葉に反応したわけではないだろうが、突如として獅子の目が赤く光る。

直後、台座は二つに割れ、ズズッと左右に分かれていった。

そしてその足元には下に続く階段が現れる。

それを見た俺は小さく頷いた。

「うん、問題なさそうだな」

ここは『アルテナ・ファンタジア』にも登場する隠しダンジョン【エルトリア大迷宮】。

本編をクリアするだけなら特に攻略する必要はないダンジョンだが、中には優秀なアイテムや強力な魔物がはびこっている。原作においては、主人公のレベルが100を超えることで初めて入れるようになるダンジョンだった。

その領域まで俺がたどり着けているかを心配していたのだが、いらぬ心配だったようだ。

「ここはいったい……」

「隠しダンジョンだ」

予想していなかったであろう光景にソフィアも驚いたようで、興味深く階下を覗き込もうとする。そんな彼女に対し、俺は続けて言った。

「それじゃ、降りるぞ」

「えっ？　今からここをですか⁉」

「ああ。それともあれだけタンカを切っておきながらダンジョンに潜るのが怖いのか？　だったら無理にとは言わないが」

「なっ！」

少し煽ってやると、予想通りソフィアは顔を真っ赤にする。

そして自分の胸元に手を当てながら、威風堂々と告げた。

「馬鹿にしないでください！　私はソルスティア王国第一王女、ソフィア・フォン・ソルスティア！　隠しダンジョンごとき、一瞬で華麗に攻略してみせましょう！」

「も、もう無理ですぅぅぅ！　クラウスさん、なんとかしてくださいぃぃぃぃ！」

10分後。

俺の目の前には、魔物の群れに襲われながら必死に救いを求めるソフィアの姿があった。

それもそのはず。ここは隠しダンジョンだけあって、ザコ魔物でも60レベル（Bランク）以上の敵が出現する。

そんな中、物語開始前のソフィアはまだ15～20レベル程度であり、そもそも勝てる道理はなかった。

救いを求める目を向けてくるソフィアに対し、俺は真剣な表情で告げる。

「大丈夫だ！　魔王軍幹部に勝てるだけのレベルならこの階層の魔物くらい楽勝のはず！　ソフィア、お前ならできる！　がんばれがんばれ！」

「も、申し訳ありませんでした！　認めます！　私が間違っていたと！　今の私ではとても魔王軍幹部には勝てません！　ですから、お願いですから助けてくださいぃぃぃぃ！」

「……ふむ」

さすがにこれが限界だろう。

そう判断した俺は幾つか魔術を使い、襲い掛かってくる魔物を殲滅する。

ようやく脅威から逃れたソフィアは、その場にペタンとへたり込んだ。

数分ほど待つとようやく立ち上がれるだけの元気が戻ってきたのか、震える体を起こす。

そして、疲れ切った目で俺を見つめてきた。

「申し訳ありませんでした、クラウスさん。確かに貴方の強さは私とは比べ物になりません」

「今の自分の実力が理解できたか？」

「……はい。これからは自分に過信することなく精進したいと思います。きっとクラウスさんもそのことを私に伝えたかったのでしょう」

原作で主人公との決闘に負けた時のように、清々しい表情を浮かべるソフィア。

それを見て、俺はわざわざ彼女を連れてきた甲斐があったなと確信した。

そんなことを考えていると、ソフィアがその場で踵を返す。

「それでは、時間も遅いことですしそろそろ引き返しましょうか――」

「ソフィア」

ガシッ、と。俺は彼女の肩を掴む。

「ク、クラウスさん、どうして私の肩を掴んで……？　目的も達成できたことですし、後は帰るだけなんじゃ……」

「何を言っている？」

不思議なことを告げるソフィアに対して、俺は迷うことなく告げた。

「せっかくの機会だ、このまま魔物を倒しまくって、お前にはここで強くなってもらう」

「……へ？」

「具体的には、今日一日で10以上のレベルアップが目標だな」

「一日？　レベル？　クラウスさん、貴方は何を言って――」

「よし、それじゃ行くぞ！」

「え、えええええええええ!?!?!?」

迷宮いっぱいにソフィアの悲鳴が響き渡る。

その後、俺はソフィアのパワーレベリングに付き合うことになった。


それからソフィアは次々と襲い掛かる魔物と戦い続けた。

とはいえ、彼女が一人で戦える相手でないことは分かっている。

そのため俺はサポートに回り、バフをかけたり魔術で援護したりしていた。

おっとそうだ、レベルアップといえば――

俺は懐（ふところ）から【反動強化（はんどうきょうか）の指輪（ゆびわ）】と【鮮血（せんけつ）の誘魔灯（ゆうまとう）】を取り出した。

「お～い、ソフィア～！　着けたら全能力値が上がる代わりに体力が10％まで減少する指輪と、血塗（ちまみ）れになることで魔物をおびき寄せられるアイテムがあるんだけど使うか～⁉」

「使うわけないでしょうぅ⁉」

残念ながら断られてしまった。まあ、レベル差的にはリスクの方が高いからしかたないか。

とりあえず反動強化の指輪だけ俺が着けておくとしよう。


それからさらに一時間後。

俺たちは見事、地下10階にまでたどり着いていた。

「く、クラウスさん、もう足が一歩も動きません……」

「……ふむ」

そこまでくると、さすがにソフィアは限界中の限界のようだった。

しかし眼前には、10の倍数階層ということで80レベルのフロアボス、ミノタウロスが待ち構えている。本当ならコイツもソフィアに倒してもらいたかったんだが……仕方ないか。

「【地獄の業火（インフェルノ・フレイム）】」

「グギャァァァアアアアア！！！」

ミノタウロスだけは俺が前に出て、剣と魔術で圧倒することで瞬殺した。

するとフロアボス討伐報酬としてアイテムが出現する。

それは指輪の形をしていた。

「これは確か……」

その豪華そうな指輪の形を見て、俺は必死に前世の記憶からアイテム情報を引きずり出した。

【王家一族の指輪(ロイヤル・リング)】：S級
・ソルスティア王家の血を継ぐ者が装備した時、全能力値が著しく上昇する。
(上昇量は、装備者のレベル％分)

これはゲームにおいて最強クラスのアイテム。レベル50なら50％、レベル100なら100％能力値を上げてくれる、文字通りの壊れ装備だ。

しかし残念ながら王家の人間しか装備できない仕様なため、俺が使っても意味がない。

このまま無駄にするのももったいないと思った俺は、後ろにいる疲れ切ったソフィアに視線をやる。

「ソフィア、手を出せ」

「手、ですか？」

「ああ。ほら、受け取れ――」

そう言って投げ渡そうとするも、よく見るとソフィアはまともに腕を上げることもできないほど疲れ切っている様子だった。

……仕方ない。

俺はソフィアの手を持ち上げると、そのまま指輪を嵌めることにした。

っと。そういえばゲームでは、ある指に装備しないと指輪の効果が発揮されないという裏設定があったっけ。

その指は確か、左手の――

俺は前世の記憶を頼りに指輪を嵌めると、ソフィアに向けて微笑みかけた。

「これがあれば、お前はもっと強くなれるはずだ」

「っ⁉⁉　っっっへぁっっ⁉⁉⁉⁉⁉⁉⁉」

ここまでで十分レベルが上がったであろうことに加え、この装備でソフィアの恒常的な強化にも繫がる。

その結果に満足した俺は立ち上がると、再び彼女に手を伸ばした。

「ほら、さっさと帰るぞ」

「く、クラウスさん……いいえ、クラウス様。これはそういう意味と受け取っても……？」

「？　ああ、もちろん（その装備で俺に追いつけるくらい強くなってくれ）」

「……お、お時間を！　お時間を頂戴したく！」

「ああ、分かっている（そりゃ一朝一夕じゃさすがに追いつけないだろうからな）」

「…………」

その後、なぜか焦点が合わずぼーっとしている様子のソフィアを引き連れ、俺たちはダンジョンを出て帰還するのだった。

──遡(さかのぼ)ること数時間。

ソフィアは夜遅くにもかかわらず、今日も一人で城の修練場にて剣を振るっていた。

「せいっ！　はあっ！　……ッ！」

カランカランッ
根を詰めすぎたせいだろうか、握力がなくなり剣を床に落としてしまう。

ソフィアはタオルで汗を拭(ぬぐ)いながら、ゆっくりとその場にしゃがみ込んだ。

「……本当に、こんなことを続けていてよいのでしょうか」

そう呟(つぶや)くソフィアの表情には、不安の色が表れていた。

ソフィアはソルスティア王国の第一王女として生まれ、様々な才能に恵まれた。さらにその才能だけに頼ることなく努力を積み重ねることで、これまで確かな成長を遂げてきた。

だが、それでもソフィアの胸中では常に不安が渦巻いていた。

「剣と魔術の腕は日々磨かれています。ですがこれだけで、いずれ復活するであろう魔王を倒せるようになるとはとても……」

ソフィアの脳裏をよぎるのは、周囲からかけられた期待の言葉の数々。

『ソフィア様なら必ずや魔王を倒せます！』

『ご自身の才能を信じてあげてください！』

『ご安心ください！　王女様が魔王を倒すのは、建国神話から決まっていることなのですから！』

――そんなことを、幼い頃から言われ続けてきた。

その期待に応えられるように、ソフィアは今日も修練を続ける。

本当は不安と恐怖に押し潰されそうになりながら――

そこまでを考え、ソフィアはブンブンと首を左右に振った。

「いいえ、何を弱気になっているのですか！　私は第一王女ソフィア・フォン・ソルスティア！　魔王ごとき、簡単に倒してみせましょう！」

改めて気丈な態度を取ってみせたソフィアは、剣を拾い上げて修練を続ける。

修練が終わったのは、それから1時間後のことだった。

――そして修練場からの帰り道、ソフィアは彼に出会った。

「ちょっと、そこの貴方！　いったいここで何をしているのです！」

王家の者しか立ち入れない場所に一人の少年が立っているのを見て、ソフィアは力強くそう告げた。

少年はソフィアを見て一瞬だけ目を見開いた後、堂々と名乗ってくる。

「俺はクラウス。レンフォード家当主、クラウス・レンフォードだ」

その名前には聞き覚えがあった。

いや、今王都にいる貴族で知らない者は一人もいないだろう。

辺境の中小領地を治める年若い領主でありながら、魔王軍幹部の一人を単独で捕獲したという天才。父親である国王の口からも、度々その名が出るほどだ。

それを聞くたび、ソフィアの内側では燃え滾(たぎ)るような感情が生まれていた。

(その成果は本来、私が成し遂げるべきだったもの！　それをこの人が……！)

それは大きな嫉妬(しっと)と、わずかな羨望(せんぼう)が含まれた想(おも)いだった。

だからこそソフィアは負けじと、クラウスに対して強気で話しかけてやった。

しかし、それが間違いだった。

「【空間凍結(フリーズ)】――【運搬包風(キャリー・ウィンド)】――よし、それじゃ行くぞ！」

「きゃ、きゃぁああああ！」

ソフィアの言葉によってクラウスを怒らせてしまったのか、彼女はあっという間に城から誘拐されてしまうのだった。


その後、クラウスによって連れてこられたのはソフィアも知らない隠しダンジョン。

クラウスに煽られたソフィアは、売り言葉に買い言葉でダンジョンへ挑むこととなった。

しかし、

「も、もう無理ですぅぅぅ！　クラウスさん、なんとかしてくださいぃぃぃぃ！」

魔物たちのあまりの強さに、ソフィアは一切なす術がなかった。

何度か助けを求めると、ようやくクラウスが魔術で魔物を追い払ってくれる。

その練度と威力は、ソフィアがこれまで見てきた中でも飛びぬけたものだった。

（すごい……これが、本物の天才）

その光景に圧倒され、ようやくソフィアは自分が凡人であったと悟る。

そして同時にこうも思った。

きっと私が強くならなくとも、この人なら復活した魔王を倒してくれるだろうと。

なのに。

それが正しいはずなのに。

なぜかクラウスは、引き返そうとするソフィアを連れて奥に進もうと言ってきた。

その後、クラウスのサポートもあってソフィアは何体もの魔物討伐に成功する。

道中でソフィアは、クラウスに問いかけた。

「……どうして、ここまでしてくださるのですか（貴方ほどの実力者なら、私に構う必要なんてないでしょうに）」

その問いに対し、クラウスは真剣な表情で答えた。

「俺には、（最凶のラスボスとして君臨するために）お前が必要だからだ」

「……は、はあ⁉」

突然の口説(くど)き文句に、困惑するソフィア。

慌てて深呼吸を行い、なんとか心臓の鼓動を落ち着かせる。

（お、落ち着きなさいソフィア。今までの言動からこの人が少し、いいえかなりおかしいことは分かっているでしょう？　きっと今のは別の意図で発した言葉なのです、そうに違いありません！）

そう結論を出したのち、二人はさらに下に潜っていく。

そしてとうとうソフィアが限界を迎えると同時に、地下10階にたどり着いた。

そこに待ち受けていたのは道中の魔物と比べても群を抜いた強さを誇るミノタウロス。

クラウスはミノタウロスと単独で戦い、苦労することなく圧倒してみせた。

その際に彼が使用した剣術と魔術に自分が見惚(みと)れていることを、ソフィアは遅れて理解する。

（……本当に。どうしてクラウスさんは、これだけの実力があるのに私を気にかけるのでしょうか。出会ったのだって、今日が初めてのはずなのに――）

と、その時だった。

「ソフィア、手を出せ」

深い思考の海に沈んでいたソフィアに、クラウスが声をかけてくる。

彼の手には、フロアボス攻略の報酬らしきアイテムが握られていた。

「手、ですか？」

「ああ。ほら、受け取れ――」

ソフィアは言われた通りにしようとするが、残念ながら疲労のあまり腕を上げることができなかった。

それを見てクラウスは、ゆっくりとソフィアの手を持ち上げる。

（お、同じ年ごろの男性と触れ――）

突然の接触に混乱するソフィアだったが、それ以上に衝撃的なことがあった。

この距離まで近づき、ようやくクラウスが持つアイテムが何かわかったからだ。

それは指輪だった。

ただし、ただの指輪ではない。

ソルスティア王家の紋章が施された、伝説級の指輪。

（あれはまさか！）

その指輪をソフィアは知っていた。

幼い頃、母から建国神話を読み聞かせてもらっている時に教えてもらったのだ。

かつて、この地には魔王が出現した。

その魔王を打ち破ったのは、当時の勇者と小国の王女だった。

討伐後、勇者は王女に誓いを立てて一つの贈り物をした。

その贈り物こそ、この【王家一族の指輪(ロイヤル・リング)】。

二人はそのまま結婚し、ソルスティア王国を建国した。

――すなわち、この指輪には婚約指輪の意味も含まれているのだ。

数百年前の騒乱の際に紛失したと聞いていたが、それがまさかこんなところで手に入るとは……

(……って、今はそんなことよりも！　なんとかクラウスさんに事情を説明して、王家にお返しいただかなければ――)

一瞬のうちに思考を巡らせるソフィア。

しかし直後、彼女の頭は真っ白になった。

なぜならソフィアがお願いするまでもなく、クラウスがその指輪を嵌めてきたから。

――そう、ソフィアの左手の薬指に。

「これがあれば、お前はもっと強くなれるはずだ」

「っ⁉⁉　っっっへぁっっ⁉⁉⁉⁉⁉⁉⁉」

あまりの衝撃に脳がパンクし、もはやクラウスの言葉は耳に入っていなかった。

全細胞が、この出来事を理解しようと力を尽くす。

（ゆ、指輪を薬指に……⁉　こ、これはいったいどういう⁉　ああいけません、頭に熱が上って思考がまとまりません……！）

もはや自分では答えにたどり着けないと理解したソフィアは、最後になんとか言葉を絞り出した。

「く、クラウスさん……いいえ、クラウス様。これはそういう意味と受け取っても……？
（王家一族の指輪（ロイヤル・リング）を渡すということは、プロポーズなのですよね⁉）」

「？　ああ、もちろん」

その返答を聞き、さらに困惑するソフィア。

「……お、お時間を！　お時間を頂戴したく！（そんな！　とてもこの場でお答えできる内容ではありません！）」

「ああ、分かっている」

「…………」

そう言って、クラウスは真剣な表情で見つめてくる。

その表情から彼が本気であることをソフィアは理解するのだった。

その後ソフィアは呆然（ぼうぜん）としたまま、クラウスに連れられてダンジョンの外に出た。

外の光景を見たクラウスはポツリと呟く。

「ああ、もう日が昇る時間か」

ダンジョンに何時間も滞在していたからだろう、ちょうど日が昇り始めていた。

その鮮やかな光景にソフィアは目を奪われた。

そしてようやく冷静さを取り戻す。

「思えば……こうして外で日の出を見るのは初めてです」

「そうか」

ソフィアは王女として、普段は城の中で模範的な生活を送ってきた。

夜に無断で誰（だれ）かと外を散策するのも、こうして日の出を迎えることも初めての体験だった。

今日の一日だけで、ソフィアは様々なことを知ることができた。

正直、冷静に数えたら不満の方が多かった気もするが……この経験をくれたクラウスには感謝を伝えたいと思った。

「クラウス様。今日は私に様々なことを教えてくださり、あり――」

――だけど。

朝日を浴びるクラウスの横顔を見た瞬間、ソフィアは思わず言葉を失った。

同時に、心臓が早鐘を打つ。

「ソフィア？　何か言ったか？」

「い、いいえ！　何でもありません！」

必死に誤魔化し、ソフィアは自分の胸元に手を当てる。

その時にはもう、彼女はその想いに気付いていた。

ソフィアは右手で指輪に触れながら、最後に心の中だけで小さく告げる。

（本当に、ありがとうございます——クラウス様）

第十六話　積年の恨みを晴らそう！

ソフィアと隠しダンジョンを探索した翌日。

昼下がりまでぐっすり寝た俺(おれ)は、一人で王都を歩いていた。

アルデンいわく、俺に褒美を与えるかどうか決断するのに数日かかるとのこと。

だからこそ、俺はその間に目いっぱい王都を楽しんでやると決めた。

マリーにも今日は自由行動を言い渡してある。

「さて、問題はどこに行くかだが……」

悩みに悩んだ末。

俺はゲームの中に登場するものの、まだ足を運んでいない場所があることに気付いた。

そう、それはつまり――

「そうだ、冒険者ギルドに行こう！」

カランカラ～ン
王都の冒険者ギルドにやってきた俺は、さっそく中の様子を見てみた。

そこには受付や酒場など、イメージ通りの光景が広がっている。

「おい、誰だアイツ？」

「さあ、ただの新入りじゃないか？」

初めてギルドにやってきた俺が見慣れないせいか、中にいる冒険者たちがジロリと様子を窺ってくる。

しかしすぐに興味をなくしたようで、それぞれの会話に戻っていった。

今回、俺はお忍びで来ているため正体を明かすつもりはない。

基本的に冒険者ギルドは平民の組織だし、貴族だとバレて騒がれるのも面倒だからな。

ちょっと中の様子を見て、すぐに帰るつもりだ。

しかし、不幸にもここにはそんな俺の企みを妨げる存在がいた。

「あそこにいるのはまさか……やはりそうです！　主様～！」

「……ローラ？」

ギルドの中にはなぜか、レンフォード騎士団長のローラがいた。

彼女は俺を見つけるや否や、満面の笑みで駆け寄ってくる。

まさか、いきなりこんな落とし穴があるとは。俺は一つため息を吐き、彼女に対応する。

「ローラ、どうしてお前がこんなところにいる？　王国騎士団の鍛錬に参加しているんじゃなかったのか？」

「はっ！　本日の午後は騎士団メンバーのみの任務があるということだったので、空いた時間にこうしてギルドにやってきた次第です！」

「……ふむ」

空いた時間に顔を出すほどなら、ローラは以前から冒険者ギルドと馴染みが深いのかもしれない。基本的には平民だけの組織とはいえ、貴族が利用できないわけじゃないしな。

もしそうなら、ゲームでも主人公たちが足を踏み入れることはできなかったことだろう。

そんなことを考えていると、ローラの後ろから髭をたくわえた40歳前後の男性が姿を現す。

俺はその人物に見覚えがあった。

（この男、どこかで見たことがある気が……そうだ！　確かギルドマスターだ！）

答えにたどり着いた俺の前で、ギルマスがローラに話しかける。

「ローラ様、そちらの方はいったい……？」

「ああ、聞いて驚くがいい。この方は私の偉大なる主――クラウス様だ！」

「なっ！　クラウス様というと、レンフォード家の当主であるあの……？」

意外なことに、ギルマスは俺のことを知っているみたいだった。

やっぱりギルドに来たのは失敗だったかもしれないと後悔する。

しかし、その直後だった。

ギルマスの呟きに反応するように、周囲の冒険者たちがざわざわとし始める。

「おい、今の名前、どっかで聞いたことがある気が……」

「あれだよ、レンフォード支部所属のグエンがこの前こっちに来た時、話していた人物じゃないか？」

「ああ！　ダンジョンで魔物と戦闘中に領主が現れたという、あの話か！」

（……ふむ、どこかで聞いた話だな）

冒険者たちの会話内容には、俺も心当たりがあった。

確かに以前、俺はダンジョンでボスと戦闘中の冒険者から獲物を奪い取ったことがあった。

その話がまさか、王都まで広がっているとは……

俺はニヤリと笑った。

（これはもしかしたら、俺にとって追い風かもな）

他人が戦っている魔物を横取りするのは、冒険者にとってタブーだ。

そのタブーを犯した俺は、彼らにとって悪人に等しい。

しかし貴族相手に文句を言えるほど、度胸がある者はまずいない。

そうなると溜まったストレスは俺がいなくなった後、酒の肴にでもされることだろう。

ローラが俺の正体を口にしたときはどうなるかと思ったが……これは逆に俺の悪評を広げる

絶好の機会だ。

もっと他にダメ押しの方法はないか。

そう思いながら周囲を見渡していると、依頼書が貼られた掲示板が目に留まった。

そして依頼書の中に1枚『領地に住み着いたレッドドラゴンの討伐依頼』というものが貼られていることに気付く。

依頼内容自体は大して珍しくもないが、問題はその報酬金額。ゲームでも全く同じ依頼書を見たことがあるが、その時に比べてなんと倍近い額が記載されていた。

（どういうことだ？　なぜレッドドラゴンの討伐だけ倍近くも値段が違う？　他の依頼に関してはゲームと同水準だというのに……はっ、そうか！）

俺の天才的頭脳は、すぐその答えにたどり着いた。

まず大前提として、ゲームが間違っていることはないだろう。

ということは単純にこのギルドが、一般的な報酬金額の認識を間違えている可能性が高い。

それを踏まえ、ここからが俺の作戦内容となる。

まず、今の報酬金額が書かれているうちに、俺が依頼を受けて達成してしまう。

そして報酬をもらったタイミングで『本当は半分で済んだんだよ、ドンマイ。だけど約束は約束だから全額もらっていく！』と伝えたらどうなるだろうか？

当然、俺が貴族の身でありながら金に汚い、欲望のために生きる悪徳貴族だという噂が瞬く間に広がることだろう。

そこまでを瞬時に考えた俺は、掲示板からその依頼書を破り取った。

そんな俺を見て、ギルマスが恐る恐る口を開く。

「あの、クラウス様、いったい何を……？」

「ふむ。せっかくの機会だし、この依頼を受けようと思ってな」

「なっ！　その討伐依頼をですか⁉」

「ああ。それとも貴族の俺が受けるのには何か問題があるか？」

「い、いえ、決してそのようなことは！　ありがとうございます、ありがとうございます！」

なぜかオーバー気味に何度も頭を下げるギルマス。きっと彼は貴族である俺に恐れをなしているのだろう。

作戦がうまくいきそうな気配に満足していると、ギルマスが続けて言う。

「それでクラウス様、もしよろしければ私も依頼に同行してよろしいでしょうか？」

「ん？　ああ」

恐らく俺がちゃんと依頼を達成するか不安なんだろう。

まあ俺の目的はその先の報酬にあるから、その心配は無用だが。

そんな俺とギルマスのやり取りを見て、さらにローラが手を挙げる。

「それでしたら主様、私もお供いたします！　ぜひ主様の活躍を間近で拝見させてください！」

「勝手にしろ」

「はっ！」

こうなった以上、ついてくるのが一人でも二人でも同じだ。

そのため、特に何も考えることなく頷く。

（さて、ここからが本番だぞ）

冒険者ギルドは、数少ない俺の悪評がちゃんと広まっている組織。

このチャンスを決して逃すまいと、俺は改めて気合を入れるのだった。


王都の冒険者ギルドで『レッドドラゴンの討伐依頼』を受けてから約1時間後。

俺、ローラ、ギルマスの三人は依頼人のもとにやってきていた。

何でも今回の依頼人は、王都近くの小領地を治めるミューリィ男爵という貴族らしい。

館の前で待機していると、中から一人の女性が姿を現す。

見た目は40歳前後だろうか。貴族の女性らしく綺麗に着飾っており、特に絹のような毛皮のコートにはやけに目を引かれた。

しかしそんな優雅な見た目とは裏腹に表情は険しく、彼女はどこか苛立った雰囲気を纏っていた。

「貴方たちが、今回依頼を受けてくれた方たちね……あら、ギルドマスターさんもいらっしゃるの」

「は、はい。ご無沙汰しております、ミューリィ様」

「……まあいいわ。それよりも今回は、ちゃんと依頼を達成していただけるんでしょうね？」

「も、もちろんでございます！」

二人は既に面識があったようで、どこか緊迫した会話を繰り広げていた。

まあ大方、相手が貴族だということでギルマスが緊張しているとかその辺りだろう。

「それで、獲物はどこにいるんだ？」

ずっとその様子を眺めているだけなのも退屈だったのでそう割って入ると、ミューリィはピクリと眉をひそめた。

しかしすぐ元通りの表情になり、その場で踵を返す。

「これから案内いたします。ついてきてください」

彼女の用意した馬車に乗ること30分、俺たちは近場にある山脈のふもとにたどり着いた。

そして、とうとうそれが視界に入ってくる。

「ゴォォォォォオオオオオオ！！！」

ていた。

山のふもとには巨大な赤鱗（せきりん）の竜――レッドドラゴンが存在し、今も高らかに雄叫（おたけ）びを上げていた。

ミューリィは御者に命じて馬車を止めさせ、ゆっくりと口を開く。

「見ての通り、20日ほど前からあそこにレッドドラゴンが居座っているのです。あの山脈にはトンネルが通っているのですが、現在は行商人などが行き来できない状況です。領主の私としては一刻も早くこの事態を解決するべく依頼を出させていただきました」

道中でも説明してくれた内容を、ご丁寧に繰り返すミューリィ。

何はともあれ、アレを倒せばいいということだろう。

「とりあえず、気付かれていないうちに一発入れるとするか」

馬車から降りた俺は、改めてレッドドラゴンを見据（みす）える。

改めてじっくり見てみると、そのサイズはかなり大きく――

「いや、本当に大きいな」

その巨体を見上げ、俺は思わずそう呟いた。

レッドドラゴン自体はゲームに登場した魔物だが、それと比べてもかなり大きいような気がする。なんなら色についても、ゲームよりだいぶ濃い赤に見えるが……

「まあ、ゲームでは画面越しだったせいで実際とは少し違うように見えたってことだろうな。とりあえず倒してしまえば問題ないだろう」

そう結論を出し、俺は右手を前に出す。

そのタイミングでふと、数か月前の記憶が脳裏をよぎった。

レッドドラゴン。

改めて思い返してみると、俺とコイツの間には浅からぬ因縁があった。

そう、それは俺がまだこの世界に転生して間もない頃。俺は専属シェフが出してきた『レッドドラゴンのレバー』に文句を言い、牢屋に入れてやった。

しかしそれがなぜか悪徳商人の逮捕や、俺が配下に対して寛容などという事実無根な噂が広まるきっかけになってしまったのだ。

それこそが全ての始まり。

あの事件がなかったら――否、初めからレッドドラゴンがこの世にいなければ、今ごろは俺の悪評が国中に広がっていた未来もあったかもしれない。

この討伐依頼には、そういった積年の恨みを晴らすという大きな意味も含まれているのだ！

（確か、レッドドラゴンの弱点は水属性だったよな）

ゲームにおける弱点を思い出し、俺は魔力を練り上げていく。

「……やっぱりおかしい。あの大きさといい色といい、通常のレッドドラゴンとは違う気が――

――はっ、まさか！　お待ちくださいませ、主様！　アレをただのレッドドラゴンだと思えばとんでもない目に――」

今にも魔術を放とうとしたとき、後ろにいるローラが何かを叫ぶ。

しかし俺は目の前の元凶を消滅させることに集中していたため、何一つ聞いていなかった。

そして、

「【天穿つ水流】」

解き放たれた巨大な水流が、一目散にレッドドラゴンへと向かう。

鋭い水の槍は、レッドドラゴンの硬質な皮膚をも易々と貫く――


ドゴォォォォオオオオオオオン！！！


――そう確信した直後のことだった。

水流とレッドドラゴンが接触した瞬間、この世のものとは思えない轟音とともに大爆発が生じた。

その光景を見て、俺はきょとんと小首を傾げる。

（あれ、おかしいな？　予定ならレッドドラゴンに直径5メートル程度の穴を開けるくらいで済むはずだったのに……）

そんなことを考えながら待つこと数十秒。

砂塵が吹き荒れたその場所に、レッドドラゴンの死体は一欠片すら残されていなかった。

ちょっとやりすぎてしまっただろうか。幸いにもレッドドラゴンが山脈から離れた位置にいたおかげで、周囲への被害はなさそうだが……

(せっかくだし、残った部位は換金して金の亡者アピールをしようと思っていたんだが……それは難しそうだな、残念だ)

……まあいい、細かいことを気にしないのが悪のカリスマというもの。

それより、

(積年の恨み、とうとう晴らしたぞ!)

そんな満足感とともに、俺はしばらくその場で喜びを噛み締めた。

それからどれだけ時間が経っただろうか。

背後にいるギルマスが、恐る恐るといった様子で話しかけてくる。

「あ、あの～、クラウス様」

「なんだ?」

「いえ、その、実は、改めて今回の報酬についてお話しさせていただきたいのですが……」

「……ふむ」

このタイミングでその話題を切り出してくる理由は一つしか考えられない。

報酬金額が通常より高く設定されていたことに、ようやく気付いたのだろう。

「……ふむ」

しかし、残念ながら既に依頼は達成された後。

いくらゴネてこようが割り引いてやる気など毛頭ない！

俺は意地の悪い笑みを浮かべながら、ギルマスに告げる。

「悪いがお前が何を言ってこようが、交渉に応じるつもりはない」

「それはどういう……？」

「俺への報酬は依頼書に書かれていた通りの額を払ってもらう。これは絶対だ」

「っ、それはつまり……！」

「俺から伝えることは以上だ。もうここに用はない、報酬は後でローラにでも渡しておけ」

「は、はいっ！　了解いたしました！」

そんなやり取りの後、俺は風魔術を使ってその場から立ち去る。

来た時と同じように、また馬車で1時間かけて戻るのも面倒だからな。

「しかし、思ったより早く済んだから時間が余ったな……そうだ、せっかくだし隠しダンジョンの続きでも攻略するか！」

こうして俺は本来の目的を達成できた満足感とともに、一直線に隠しダンジョンへと向かうのだった。

数週間前。

王都の冒険者ギルドでマスターを務めるハロルドは、とある問題に頭を抱えていた。

冒険者ギルドは自分たちの稼ぎの他、一部の貴族や商人による出資によって成り立っている。

そして今回、そんなパトロンのうちの一人であるミューリィ男爵から、ある依頼が送られてきた。

その内容は『ミューリィ領に出現したレッドドラゴンの討伐依頼』というもの。

今後、出資を打ち切られないためにも一刻も早く、この依頼は達成しなくてはならない。

レッドドラゴンはAランクと非常に強力だが、上位冒険者は魔物討伐において、時には騎士団を超えるほどの実力を発揮するエキスパート。

ギルドの精鋭が出れば、決して倒せない相手ではない。

と、初めはそんな風に考えていたハロルドだったのだが――

「なに⁉　うちの精鋭たちが、レッドドラゴンに負けて戻ってきただと⁉」

この通り、現実は非情だった。

何度か冒険者パーティーを向かわせるも、ことごとく敗退。

やむを得ず報酬金額を通常の倍に引き上げるも、噂が流れてもはや依頼を受ける者すら現れない始末だった。

絶望に打ちひしがれるハロルド。

しかしそんな中、救世主が現れた。

魔王軍幹部を単独で倒したという噂のクラウスが、突如としてギルドにやってきたのだ。

彼は掲示板から、レッドドラゴンの討伐依頼書を破り取る。

「あの、クラウス様、いったい何を……？」

「ふむ。せっかくの機会だし、この依頼を受けようと思ってな」

「なっ！　その討伐依頼をですか⁉」

「ああ。それとも貴族の俺が受けるのには何か問題があるか？」

「い、いいえ、決してそのようなことは！　ありがとうございます、ありがとうございます！」

聞いた話によれば、クラウスは自分の領地にいる冒険者がピンチになった際、血塗れ（ちまみ）になりながら助けに行ったことすらあったのだとか。

とても貴族とは思えない勇気ある行動。そんな正義感と勇敢さを持ち合わせた彼になら、この依頼も任せられると確信するハロルドだった。

その後、クラウスやローラの他、依頼人のミューリィと合流したのち、ハロルドたちはレッドドラゴンのもとに向かった。

何度も依頼を失敗したことでミューリィは苛立った様子だったが、それもすぐに解消されることだろう。

現場にたどり着いたハロルドの前には、巨大な赤竜が鎮座していた。まだ距離があるにもかかわらず、思わず膝(ひざ)が崩れ落ちてしまいそうなほどのオーラを発している。

「とりあえず、気付かれていないうちに一発入れるか」

しかしクラウスは恐れることなく、まるで散歩に出かけるがごとき気軽さでレッドドラゴンに向かい合う。

ハロルドが勝利を確信するすぐ隣にて、なぜかローラは神妙な面持ちを浮かべていた。

「……やっぱりおかしい。あの大きさといい色といい、通常のレッドドラゴンとは違う気が――

――はっ、まさか！」

そこでローラはある答えにたどり着いた。

（間違いない！　アレは赤竜(レッドドラゴン)ではなく、Sランクの紅竜(クリムゾンドラゴン)だ！　ここ数十年、目撃情報がないはずの魔物だが、なぜこんなところに⁉）

いや、それよりも重要な問題が存在する。

クリムゾンドラゴンには厄介な特徴があった。

レッドドラゴンは水魔術を弱点とするが、クリムゾンドラゴンはその特殊な鱗(うろこ)で水魔術を魔力に変換して吸収するという特性を持っている。

そのためレッドドラゴンと間違えてひとたび水魔術を放ってしまえば、それによって逆に敵を強化することに繋(つな)がってしまい――

「お待ちください、主様！　アレをただのレッドドラゴンだと思えばとんでもない目に――」

「【天穿つ水流(ペネトレイト・ウォーター)】」

何とか制止を試みるローラだったが、その努力もむなしく、クラウスはクリムゾンドラゴンめがけて水魔術を放ってしまった。

事態が悪化することを恐れるローラ。

しかし、現実は彼女の想像をはるかに上回る結果を迎えた。

クラウスの水魔術が強力すぎたあまり、なんとクリムゾンドラゴンは魔力を吸収しきれなかったのだ。

水流はその勢いのまま鱗を貫き、内部にまで到達した。

クリムゾンドラゴンの内部には血液と共に灼熱(しゃくねつ)の炎が流れており、超高温を保っている。

その熱と水流が触れた結果、なんとクリムゾンドラゴンの内部を起点とし、盛大な水蒸気爆発を引き起こした。

数十秒後、そこにクリムゾンドラゴンの死体は一欠片すら残っていなかった。

その結末を見届け、ローラは自分の間違いを悟る。

(何を勘違いしていたんだ私は！　主様がアレをクリムゾンドラゴンだと見抜けないわけがない！　それを分かったうえで、あえて水魔術で倒してみせたのだ！)

その圧倒的な実力を前にし、さすがの主様だと興奮するローラ。

そんなローラに対し、ハロルドは混乱した様子で尋ねる。

「ローラ様、いったい何が起きたのでしょう？　レッドドラゴンは倒せたのですか？」

「ええ、ご説明いたしましょう！　我が主様の雄姿を！」

ローラは二人に対して、全てを説明した。

アレが本当はSランクのクリムゾンドラゴンであり、クラウスはそれを見抜いたうえで圧倒してみせたと。

それを聞いたミューリィは目を丸くする。

「……そうだったのですね。冒険者が次々と敗北した時は少々失望していましたが、そのような事情があったとは。申し訳ないことをしてしまいましたね」

「いえ、魔物の正体を見極めるのも冒険者の仕事。解決が遅れてしまったのは私たちの責任でもあります。ミューリィ様が気を病まれる必要はございません」

「お気遣い感謝いたしますわ、ギルドマスターさん」

(ふぅ、ひとまず何とかなっただろうか)

ミューリィから冒険者ギルドへの評価が戻ったようで、安堵するハロルド。

だが、まだ大きな問題が一つだけ残されていた。それは報酬金額についてだ。

Sランク魔物の討伐ともなれば、Aランクの時と比べて最低でも10倍以上になる。通常の2倍に設定していた依頼書の金額ですら、まだまだ足りない。

しかも今回はイレギュラーでの遭遇となったため、特別手当として更なる金額が請求されたとしても文句は言えないだろう。

それを冒険者ギルドとミューリィのどちらが負担するかは要相談だが、まずはクラウス本人に確認を取らなければ。

ハロルドは恐る恐る、クラウスに話しかける。

しかし、クラウスの返答は意外なものだった。

「俺への報酬は依頼書に書かれていた通りの額を払ってもらう。これは絶対だ」

「っ、それはつまり……！」

あろうことかクラウスは、Sランク討伐を成し遂げたにもかかわらず、依頼書通りの金額でいいと言ってきたのだ。

あまりにも自分たちにとって都合のいい提案に困惑するハロルド。そんな彼に何も言わせないとばかりに、クラウスはその場から颯爽（さっそう）と去っていく。

その後、残されたハロルドは感動に打ち震えた。

「Sランク魔物を瞬殺する実力だけなく、我々をおもんぱかってくれるその懐（ふところ）の深さ。ああ、クラウス様はなんて偉大なお方なのか！」

　そんなハロルドの称賛に反応したのは、意外にもミューリィだった。

「お待ちください、いまクラウス様と言いましたか？」

「は、はい、ご存じなのですか？」

「ええ、とある商人から聞いたことがあります」

　そう言って、ミューリィは自分の羽織っているコートに視線をやる。

「このコートにはシルキー・ベアという魔物の毛皮が使われているのですが、非常に貴重でして。にもかかわらずクラウス様は、その商人に格安でお譲りしたらしいのです」

「なんとっ！　つまりクラウス様は今回だけなく、常日頃から平民のために力を尽くしてくれているということですね」

「ええ、間違いありませんわ。このコートといい、クリムゾンドラゴン討伐といい、きちんとお礼を伝えることができず残念です……私の同志に」

　そう呟くとともに、ミューリィはいま（貴族）に至る経緯を思い出す。

　ミューリィ男爵はもともと大商人から貴族に成り上がった一家だった。

　その時の経験から、貴族になった今でも平民のためになるよう、冒険者ギルドを含めて様々な支援を行っている。

　そんなミューリィに対し、周囲の貴族からは〝成り上がり貴族のくせに調子に乗りやがって〟と批判されることもあった。

そんな中、クラウスという同じ志を持った存在に出会えたことに彼女は感動していた。

「ふふっ、そうでしょうそうでしょう。我が主は素晴らしいお方なのです！」

そしてローラは、二人がクラウスを褒め称えるのを聞いて気分が良くなっていた。

その後、さらにクラウスへの称賛は続く。

「レンフォード領で冒険者の扱いが素晴らしいことを知れば、多くの実力者が移住するかもしれません」

「あれだけ偉大なお方が領主をしていると知れば、様々な商人が向かうようにもなるでしょう」

「そうなれば、我が国の領民もより豊かな生活を送れるようになりそうですね！」

そして話し合いはいつの間にか、どうやったらクラウスの素晴らしさを周囲に広められるかについての作戦会議へと変わっていった。

それからしばらく後のこと。ミューリィが商人に、ハロルドが冒険者に、クラウスのことを話したことで、多くの者がレンフォード領を目指すことになる。

その結果、またしてもクラウスが知らない間に、レンフォード領の経済が発展し、魔物による被害が減少し、クラウスの評価が爆上がりするのだった！

第十七話　ヒロイン全員で貴族をボコボコにしよう！

「なぜだ……なぜ私が、次々と不幸な日に遭わねばならない！」

王都の貴族街の、とある館にて。

ブラゼク伯爵は自室で、頭を抱えながら恨みの言葉を発していた。

一昨日は失礼な口を利いてきた若造を処分するはずが、逆に剣でコテンパンにされた。

昨日はその若造――クラウスに仕返しとして毒と爆弾をお見舞いしたはずが通用せず、それどころか自分に返ってくることになった。

当然、偉大なる自分は類稀なる生命力で九死に一生を得たが――

「この憎悪だけは決して癒やせん！　なんとしてでも奴への復讐を成し遂げなければ！」

怒りのままに、そんな言葉を口にするブラゼク。

その直後のことだった。

「ほう、なかなかいい憎しみの色ではないか」

「っ、誰だ⁉」

ブラゼクしかいないはずの部屋に響き渡る、重々しい声。

咄嗟に振り返ったブラゼクの先には、額から生える角と、赤く染まった瞳が特徴的な男が立っていた。その特徴から、男が魔族であるとブラゼクは悟る。

「貴様、魔族だな！　何のつもりで私の館に踏み入った⁉」

「そんな些細なことはどうでもよかろう。それより、復讐したい相手がいるんじゃなかったか？　我ならその手助けをしてやれるが」

「なに？　手助けだと？」

「ああ、そうだ。復讐を成し遂げられるだけの力を、我が貴様に与えてやる」

「力……」

魔族からの申し出など、普段なら迷うことなく断る。

しかし今のブラゼクはクラウスに復讐することしか考えておらず、手段を選べるほどの余裕はなかった。

「いいだろう、その提案に乗ってやる！　さっさと力を寄こせ！」

「賢明な判断だ……ほれ、くれてやる」

魔族が伸ばした手から、漆黒の魔力がブラゼクに流れ込んでいく。

その魔力を手に入れたブラゼクは、確かに自分の力が増していることに気付いた。

「ふはは、いいぞ！　確かにこれだけの力があれば、奴を殺せるはずだ！」

「よい心意気だ。そのための場は我が整えよう。準備はいいな？」

「当然だ！」

ブラゼクは力強く頷くと、館の外に飛び出していった。

それを見届け、魔族は小さく呟く。

「王都に運ばれたと噂の【絶対不滅の祝福剣】を探しに来たものの、無駄足に終わって退屈していたところだが……最後に面白い余興を見れそうでよかったよ」

魔族――その正体は、魔王軍幹部の中でも飛びぬけた存在である四天王の一人。

【異界のゲートリンク】はこれから繰り広げられる悲劇を予想し、くすりと笑うのだった。

王城、謁見の間。

アルデンがいつものように来客に応じていると、騎士が慌てた様子で中に入ってくる。

「陛下、緊急事態です！」

「どうした？」

「王都の中心にて、魔族のものと思われる魔力反応が確認されました！」

「なんだと⁉」

報告を聞き、アルデンは驚きに目を見開いた。

魔族の襲撃。数こそ分からないが、王都にまで攻めてくるということは幹部クラスが率いている可能性が高い。

一刻も早く、騎士団の者を対処に当たらせなくては――

「いや、待て。確か今日の午後から、騎士団の大部分は任務で外に出ている！　まさかそのタイミングを狙ったのか⁉」

騎士団長を含めた主力がいないことに不安を覚えるが、だからといって何もしないわけにはいかない。アルデンは意識を切り替え、すぐに指示を出す。

「王都に駐留している部隊だけでいい、今すぐ対処せよ！」

「そ、それが、魔力反応を中心に結界が確認され、騎士が侵入できないようになっている模様です！」

「なっ！」

力のある騎士の侵入を阻む結界など、そう簡単に張れるものではない。それだけで首謀者の実力が測れるというもの。

これはまずいことになった。

判断に迷うアルデン。その時、騎士のもとに伝達魔術の青い鳥がやってくる。

『追加報告です。結界には特殊な条件が施されており、18歳以下の者のみ素通りできるとのことです！』

「18歳以下だと……?」

何のための条件なのか理解できず、首を傾げるアルデン。

しかしその場には、それ以外の反応をする者がいた。

「18歳以下のみ、素通りできる……」

謁見の間の入り口前にて。

ある一件について報告しに来ていた少女はその内容を聞くや否や、一目散に城下町へと向かうのだった——

◇◆◇

「いったい何が起きている⁉」

青いセミロングの髪が特徴的な少女——エレノア・コバルトリーフ。

彼女は異変に気付き、表情を強張らせた。

いつものように王都を散策していた彼女の前に、巨大な魔力反応が表れたのだ。

混乱する人々の間を抜けるようにして現場へ向かうと、多くの建物が壊され、破壊痕が残されている。

その中心には意外な人物が立っていた。

「あなたは、ブラゼク伯爵……なのか？」

疑問符が浮かんでしまうのには理由があった。

顔や体形は間違いなくブラゼクなのだが、纏う魔力は非常に邪悪で、人間のものとは思えなかったからだ。むしろこれは、魔族のそれに近い気が――

思考を巡らせるエレノアに対し、ブラゼクは視線を向ける。

「ふむ、ようやく私を止めようとする者が現れたかと思えばエレノア嬢ではないか」

「やはりブラゼク伯爵なんだな。この破壊はあなたがやったのか⁉」

「ああ、そうだ。町を破壊し続ければ、いずれ正義感に満ちた愚かな存在――クラウスがやってくるだろうからな！」

「クラウスくんだと……⁉」

その名を聞き、エレノアはようやく事態を理解した。

2日前、エレノアはこの場でクラウスがブラゼクを圧倒する姿を見た。

ブラゼクはその恨みを晴らすつもりなのだろう。

もっとも動機は理解できたとはいえ、疑問はまだ幾つもある。

ブラゼクがなぜこれだけの力を有しているのか。そしてそもそも、クラウスが現れる前に騎士団が鎮圧に来るのではないか――

「おい、いいのか？　この私の前で考え事など」

「っ、しまっ――」

少し意識を逸(そ)らした隙(すき)を狙って、ブラゼクが一瞬で迫ってきた。以前から知っているブラゼクを大きく上回る速度だったため、エレノアは反応が遅れてしまう。

しかし、その瞬間。

「【影沼(シャドウ・スワンプ)】」

「【加速する矢(グンっと伸びろ)】！」

「っ、なにぃ⁉」

突如として地面に漆黒の沼が生じ、ブラゼクの足が呑(の)み込(こ)まれる。

同時にどこかから飛んできた矢が、ブラゼクの横腹に命中した。

その隙にバックステップで距離を取るエレノアの横に、二人の少女がバッと姿を現す。

エレノアは驚きながら、二人に問いかける。

「君たちは……」

「マリーと申します。完全には状況を理解しきれていませんが、手伝わせてください……どうやら昨日の罰では足りていなかったようですね（ボソッ）」

最初に応(こた)えたのは、大きめなコートに身を包んだ黒髪の少女――マリーだった。

最後の方は声が小さくて何を言っているのか分からなかったが、確かな実力者のようで力を貸してくれるらしい。

そして、もう一人。

「アタシはクロエよ。アイツはアタシにとっても因縁の相手なの。せっかくやり返せる機会だっていうのなら逃す手はないし、助太刀させてもらうわ」

黒髪のポニーテール姿の少女――クロエ・ローズミストは手に弓を持ったままそう告げる。

彼女は宣言後、後ろに視線を向けた。

「アンナ！　アナタは皆と一緒に逃げて！　守りながらだと厳しそう！」

「分かったわ！　無茶だけはしないでね、クロエ！」

そこには先日、ブラゼクに声をかけられた亜麻色の長髪が特徴的な少女――アリアンナがいた。彼女を見てエレノアは、クロエのいう因縁とやらを理解する。

その後、改めて目の前にいるブラゼクを見据（みす）えた。

「私はエレノアだ。二人とも、力を貸してくれて感謝する。とはいえ奴の実力は本物、無理はせず騎士団の助けが来るまで時間を稼いで――」

「いいえ。それは難しいと思いますよ、エレノア」

「――っ、君は！」

ここに来てさらに一人の声が加わる。

その人物を見て、エレノアは驚愕（きょうがく）に目を見開いた。

そこにいたのは、白銀の長髪が特徴的な少女――ソフィア・フォン・ソルスティア。

この国の王女と騎士団長の娘ということで、二人は旧知の仲だった。

そしてソフィアの手にはなんと、王国の宝とも言われる宝剣が握られている。

「ソフィア、なぜ君がここにいる⁉」

「もちろん、この異変を収めるためにです。それからこの周辺には結界が張られており、18歳以下の者しか通れないようになっているようです」

「何っ⁉　なぜわざわざ、そのような限定的な条件を……」

「はあっ？　そんなの決まってるでしょ！」

疑問に思うエレノアの前で、クロエがビシッとブラゼクを指さす。

「アイツが、とんでもないロリコン野郎だからよ！」

「「「…………」」」

突拍子もない発言によって、場が沈黙に包まれる。

しかしほんの数日前、ブラゼクがアリアンナに手を出そうとしていたため、あながち間違いとも言い切れないのが厄介だった。

（いや、今はそれよりも気になることがある）

エレノアはソフィアに視線を向ける。

彼女が現れた時から、ずっと気になっていたことがあったから。

「ソフィア、君のその手にあるのは……」

「この宝剣でしょうか？　状況が状況だったため、無断で拝借してきました。あとで叱られるとは思いますが、今はそんなことを気にしていられる余裕は――」

「いや、そっちじゃない」

一息入れた後、エレノアは告げる。

「その〝左手薬指に着けられた指輪〟は何だ!?」

未婚の女性、それもまだ婚約者も決まっていない王女が何を着けているのか。

そんな疑問とともに出た言葉だったのだが、ソフィアはなぜかポッと顔を赤らめる。

「これはその……エレノア相手でも、まだお伝えできません」

「そ、そうか……それから君、マリーくんだったか。いきなりソフィアの指輪に近づいて、いったい何を……」

「この気配、まさか……いえいえ、そんなわけありませんよね。私のご主人様がそのようなことをするわけがありませんもの。ふふふ……」

マリーのただならぬ気配に圧倒されるエレノア。

三者三様に騒ぐ中、クロエが呆れたように「はあ」とため息を吐く。

「アンタたち、いいの？　そろそろ向こうのロリコン野郎が限界みたいだけど」

「「「……あっ」」」

三人がようやくそのことを思い出すと同時に、ブラゼクは怒りに打ち震えながら叫ぶ。

「貴様らぁ！　この私を無視するんじゃなぁぁぁい！」

ドン！　っと漆黒の魔力を体に纏わせたブラゼクが、恐るべき勢いでエレノアたちに襲い掛かってくる。その威圧感は間違いなく、この場にいる誰よりも強力なものだった。

エレノアは意識を切り替え、目の前の敵に集中する。

「話は後だ。今は協力して奴を倒すぞ！」

「ええ」「はい」「わかったわ！」

かくして、ブラゼク対エレノアたち四人による戦いが幕を開けた。


戦闘開始から数分後。

エレノアたちとブラゼクの戦闘は苛烈を極めていた。

キンキン！　カァンッ！

「ふはは、どうしたエレノア嬢！　私の華麗な剣技を前に手も足も出ないか⁉」

「――ッ」

ブラゼクは漆黒の魔力によって強化され、歴戦の騎士すら上回る力で次々と剣を振るう。

力では敵わないと見切ったエレノアは、卓越した技術を駆使することによって何とか渡り合っていた。

（やはり、普段のブラゼク伯爵とは強さが二回りほど違う。いくら技術でこちらが勝っているとはいえ、このままだと勢いに呑まれてやられてしまうだろう――そう、1対1なら）

エレノアがブラゼクの剣を躱して後ろに飛び退いたタイミングで、後方から二つの声が響く。

「【影鞭】」

「【螺旋の矢】！」

右側からは漆黒の鞭が伸び、左側からは矢が円を描くように飛んでいく。

それらはエレノアを越え、そのままブラゼクの体に直撃した。

「くうっ、小癪な！」

「ちっ、やっぱり効いてないのね」

実力に差があるせいかダメージが入るとまではいかず、クロエが不満げに舌打ちする。

とはいえ、彼女たちの攻撃がブラゼクの意識を割いているのは事実だ。

特に、優秀なのがマリーだった。

「【影槍】、【影斬撃】」

「ちぃっ！　いつの間に背後に！」

全員の意識の隙間をつくようにして、いつの間にかブラゼクの背後に回り込んだマリーが次々と魔術を浴びせていく。

彼女はダメージを与えるのではなく、ブラゼクの妨害をすることだけに集中していた。

その戦い方は、まるで長年の経験を積んだ暗殺者のようだ。

マリーとクロエの尽力によりブラゼクが立ち止まったのを見て、エレノアは加速した。

「感謝する、二人とも！　コバルトリーフ流剣術――【双閃(そうせん)】！」

「がはっ！」

エレノアの放った二重の斬撃(ざんげき)を浴び、ブラゼクが呻(うめ)き声を零(こぼ)す。

どうやらこの三人の中で唯一、エレノアの攻撃だけは通るみたいだった。

（よし、このまま着実にダメージを重ねていけばいずれ倒れるはずだ！）

「まだまだいくぞ――【紫電(しでん)】！」

エレノアはそう確信して追撃を浴びせる。

しかし、その直後だった。

「あまいぞ、エレノアァァァ！」

「なっ⁉」

あろうことかブラゼクは防御を放棄し、両手で高く剣を掲げる。

エレノアの剣が直撃したのにも構わず、そのままカウンターを仕掛けるつもりのようだった。

（まずい！　今の私に、ここから切り返すための技はない――）

しかもこのタイミングからでは、マリーやクロエの援護も間に合わない。

エレノアが死を覚悟した瞬間、彼女の脳裏に数日前の光景がよぎった。

それは彼女の中にいる師匠が戦う姿。

その光景に突き動かされるように、エレノアは覚悟を決める。

（あれからたった2日、度重なる修練の中でさえ一度も成功していないが関係ない！　今ここで、限界を超えろ！）

決意とともに、エレノアは剣を両手で強く握りしめる。

そして想像の中だけにある、理想の姿を辿（たど）った。

「コバルトリーフ流剣術――最終奥義【星煌剣舞（せいこうけんぶ）】！」

それは、たった0.1秒の間に17回剣を振るうことで幾重もの斬光を生じさせる必殺技。

音速を超える刃が通った後には純白の光が走り、17本の線が同時に生じることで空中に星座が浮かび上がるのだ。

剣の舞によって空に描かれる星々の煌（きら）めき――ゆえに【星煌剣舞（せいこうけんぶ）】。

17の斬撃を内包した一撃は、見事にブラゼクの狙いを打ち砕いた！

「なにぃっ⁉　まさか貴様ごときに、私の剛剣が破られるなど――がはぁっ！」

エレノアの一撃はそのままブラゼクに直撃し、その丸々とした体を吹き飛ばした。

それと同時に、エレノアはその場に膝(ひざ)をつく。

追い詰められた状態で奥義を使ったことによる反動がきたのだ。

「大丈夫ですか？」

「ちょっとアンタ、平気なの⁉」

「ああ、少し休めばよくなる。それよりも……」

マリーとクロエの心配をよそに、エレノアはブラゼクに視線をやる。

すると予想通りというべきか、あれだけの攻撃を浴びてなお、ブラゼクは立ち上がろうとしていた。

（やはりまだ立ち上がるか。恐らくはこれも、あの漆黒の魔力の影響……）

警戒するエレノアの前で、ブラゼクは気味の悪い笑みを零す。

「く、くはは、残念だったなエレノア嬢よ。そして後悔せよ、こうなった以上は仕方ない。奴(クラウス)が来る前だが私の全身全霊を見せてやる」

膨れ上がる漆黒の魔力。そこから感じる威圧感は、これまで以上。

だが、エレノアに戸惑いはなかった。

「悪いが、ブラゼク伯爵――その決断に至るのが、少しばかり遅かったぞ」

「なに？」

「さあ、君の出番だ――ソフィア」

視線を後ろにやると、そこには目をつむりながら宝剣を高く構えるソフィアがいた。

彼女は青色の眼を開き、こくりと頷く。

「ええ、ありがとう三人とも。おかげで準備できました」

ソフィアの持つ宝剣――名を【希望を導く剣(ホープ・コネクト)】。

周囲の者から魔力を集めて放つという、ただそれだけのシンプルな能力を有している。

エレノアたちがブラゼクと戦っている間に、ソフィアは結界内にいる国民に語りかけて魔力を分け与えてもらっていた。そしてその魔力を放つための準備が、ようやく整ったのだ。

集まった魔力の総量は、ブラゼクの漆黒の魔力を優に上回る。

それを今、ソフィアは解き放とうとしていた。

「なっ！　たかだか王女風情(ふぜい)が、これだけの魔力量を操(あやつ)れるだと⁉」

ブラゼクは驚愕に目を見開き、無意識にその場から後ずさる。

その時点で格付けは済んだ。

ブラゼクの叫びを聞き、ソフィアは小さく笑う。

（確かに昨日までの私なら、これだけの魔力を行使できなかったでしょう――だけど今は違います！）

左手に着けた指輪がキランと輝くのを見て、ソフィアはある少年のことを思い出す。

そして、

「――喰らいなさい。これが、人々の怒りです！」

剣を振り下ろし、巨大な魔力の奔流を解き放った。

魔力はまっすぐにブラゼクへと向かう。

「そんな、馬鹿な、まさか私が奴と遭遇するまでもなく、やられるなどぉぉぉぉぉ！」

真正面から魔力の奔流を浴びたブラゼクは、絶叫とともに意識を失うのだった。

「……終わったのですね」

ブラゼクが気絶したのを見届けて、ソフィアは呆然とした表情で呟く。

最終奥義を放ったエレノアと同様、大量の魔力を行使した反動がきているのだ。

「どうやら結界も解除されたようだ、まず間違いないだろう」

「思っていた以上に厄介な強敵でした」

「骨が折れたわね」

それぞれの感想を零すエレノアたち。

そして戦闘が終わったのを察してか、遠くから眺めていた国民が顔を覗かせる。

「終わったのか……？」

「彼女たちが倒してくれたんだ！」

「ありがとう！　助かったぁ！」

命が助かったことに安堵した国民が、一斉にエレノアたちを称える。

その称賛を浴び、彼女たちが誇らしく思った、その瞬間。


「いやいや、まだ終わってなんかいない。むしろここからが本番だ」

「「「っっっっ！」」」


この場にいる全員の視線が、声のした頭上に向けられる。

そこには額から生えた角と赤色の眼が特徴的な男が浮かんでいた。

男から漂う魔力を見たエレノアは、確信とともに尋ねる。

「間違いない、魔族だ！　そしてブラゼク伯爵に力を与えたのもお前だな⁉」

「ご名答。戦闘は一部始終見せてもらった。さすがの観察眼のようだな」

そう答えたあと、魔族はブラゼクのそばに降り立つ。

「では、お前が集めた分の悪意は返してもらうぞ」

ブラゼクの体から、漆黒の魔力が漏れて魔族のもとに流れていく。

それを確認した魔族は「ほう」と頷いた。

「逃げ惑う人々の恐怖が集った、質と量ともに申し分ない悪意だ。これなら満足いく【門】が開けそうだな」

ブツブツと何かを呟く魔族に対して、エレノアは問う。

「お前はいったい、何の目的でここに来た!?」

「ふむ、そう言えばまだ言っていなかったか。いいだろう、答えてやる」

魔族はブラゼクの体を軽く足蹴にする。

「俺がコイツに力を貸したのは、邪悪な力を街中で振るうことによって人々の悪意を集めてもらうためだ」

「悪意を集めて、いったい何になると言うんだ?」

「決まっているだろう? これを使って魔物を召喚するんだ。悪意の大きさに応じた強力な存在を召喚することこそ、俺の固有魔術」

そこまでを語った後、魔族は両腕を大きく広げ、困惑するエレノアたちに告げた。

「申し遅れた。俺は魔王軍幹部、四天王の一人【異界のゲートリンク】。これより、悪意を用いてこの地で最も凶悪な存在を召喚し、王都を破壊させてもらう」

第十八話　最強の魔物と戦おう！

「はあ……残念だが、思っていたほどの収穫はなかったな」

隠しダンジョンの地下49階にて、俺——クラウスは深いため息を吐いていた。

その理由を説明するためには、このダンジョンの仕様を知ってもらう必要があるだろう。

ゲームにおいて、【エルトリア大迷宮】ではフロアボス討伐時、２つの条件から報酬が決定されていた。

一つはシンプルなドロップ運。

そしてもう一つは、〝同行しているヒロインが誰であるか〟である。

たとえば前回入手した【王家一族の指輪】は、王族のソフィアがパーティーメンバーにいる時のみドロップする。

その他の各ヒロイン専用アイテムについても同様の仕様というわけだ。

とはいえ、それ以外の高レアアイテムなら、主人公だけのソロ攻略時にもドロップしていたはずなんだが……残念ながら今回に限っては、それすら入手できなかった。

その結果を踏まえ、俺は「う〜ん」と首を傾げる。

「もしかしたら主人公は主人公で、何か個別に条件が設定されてたのかもな」

ゲームのシステム上、主人公をパーティーから抜くことはできない。

そのせいで仕組みに気付けなかったとか、大方そんなところだろう。

いずれにせよ、今はっきりしていることは一つ。ちゃんと高レアアイテムが欲しいなら、ゲームのキャラクターとともにもう一度攻略しに来る必要があるということだ。

そう結論を出した後、俺は改めて前を向く。

「まあせっかくここまで来たんだ。とりあえず、最深層のダンジョンボスを倒してから帰るとするか！」

意識を切り替えた俺は、そのまま最深層である地下50階に向かった。


『グォォォオオオオオオオオオ』


ボス部屋に足を踏み入れた瞬間、ダンジョン全体を震えさせるほどの盛大な雄叫(おたけ)びが響き渡る。吹き荒れる強風に耐えながら、俺はその魔物を見上げた。

「……まさかこれほど早く、コイツと向き合うことになるとはな」

それは、数時間前に倒したレッドドラゴンすら上回る大きさを誇る竜。

全身が光沢のある白銀の鱗(うろこ)に包まれ、迷宮内の魔光を受けてキラキラと輝いている。

ソイツが醸し出すオーラは、俺ですら身震いするほどのものだった。

名を、【断絶竜（だんぜつりゅう）：オルトラム】。

ゲームにおけるレベルは150で、世界に数体しかいないSSランク魔物の中の一体だ。

ちなみにだが、物語終盤で戦う魔王も同じ150レベル。シンプルな戦闘力ならオルトラムの方が上だと感じたプレイヤーも多くいるほど、その強さは確かだった。

俺がラスボスを目指す以上、絶対に避けては通れない強敵。

今の俺の実力がどの程度のものか、ここで測らせてもらうとしよう。


「行くぞ、オルトラム！」

『グルゥゥゥウウウウウ！』


俺は【錆（さ）びついた剣】を手にし、オルトラムに向かっていった。

対するオルトラムもまた、咆哮（ほうこう）とともに俺へと突進してくる。

その動きは、あの巨軀（きょく）からは想像もできないほどの俊敏さだった。

「来るか……！」

俺は【錆びついた剣】を構え、全神経を集中させる。

直後、オルトラムの爪（つめ）が閃光（せんこう）のように迫ってきた。

「くっ！」

咄嗟に剣を横に構え、爪を受け止める。金属と金属がぶつかり合うような甲高い音が響き渡り、衝撃で両腕が痺れた。

（重い……！　さすがSSランクの魔物だ！）

内心で称賛する俺に対し、オルトラムは攻撃の手を緩めない。

今度は尻尾を大きく振り回してきた。

その一撃は空気を切り裂き、まるで見えない刃のようだった。

「ッ！」

俺は咄嗟に身を屈め、紙一重で尻尾を回避する。頭上を通過した風圧だけでも、背筋が凍るほどの威力を感じた。

だが、やられてばかりでいるつもりは毛頭ない。

俺は一瞬の隙を突いて反撃に出た。

「はぁっ！」

『グルゥ⁉』

全力で振るった【錆びついた剣】が白銀の鱗を掠めるが、深手は負わせられない。

オルトラムの鱗は、まるで最高級の鎧のように硬かった。

俺は一度オルトラムから距離を取ると、改めてコイツの全貌を見上げた。

（これまで戦ってきたどの魔物より強い……クラウスに転生してから今日まで、勝利を確信できない相手はコイツが初めてだ）

自分を上回るかもしれない強敵を前にし、冷や汗が背中を伝う。

しかし同時に、かつてないほどに血が沸き立つのも感じた。

「そうだ！　この程度で臆していて、ラスボスになどなれるものか！」

沸き上がる興奮を抑え、何とか目の前の事象のみに集中する。

オルトラムの動きを注意深く観察しながら、俺は少しずつ間合いを詰めていった。

（あそこだ！）

オルトラムの攻撃の合間を縫って、剣を突き出す。

狙い通りに剣先は鱗と鱗の隙間へと突き刺さり、確かな手応えを感じた。

『グオォオン！」

オルトラムが痛みに悶える。

俺はその隙を逃さず、立て続けに攻撃を仕掛けた。

「はぁっ！　シィッ！　ふっ！」

一撃、また一撃。少しずつだが、確実にダメージを与えていく。

オルトラムの動きが、僅かに鈍くなってきたのが分かる。

（…………そろそろか？）

だが、俺は気を緩めない。これからが本番だということをよく知っていたからだ。

そして、その瞬間はすぐにやってきた。


『グォォォオオオオオオオオオ！！！』


突如、オルトラムの咆哮が辺り一帯に響き渡った。

「来たか……！」

目を見開いて見つめると、オルトラムの全身が銀色のオーラに包まれていた。

その姿は神々しくもあり、同時に底知れぬ恐怖を感じさせる。

そうこうしているうちにも、バチバチと音を立てながらオーラが膨れ上がっていく。

オルトラムから放たれる威圧感は、先ほどまでとはもはや別次元だった。

「これが、オルトラムの真の姿……！」

これはオルトラムのHPが50％を切った際に発動する強化状態。全てのステータスが跳ね上がる他、この状態のオルトラムには厄介な特徴が備わっており――

『グルァァァアアアアアア！』

「――――ッ！」

咆哮と共に、オルトラムの口から白銀の斬撃（ざんげき）が放たれた。

それを見た俺は瞬時に横へ飛ぶことで、なんとか回避に成功する。

直後、斬撃は先ほどまで俺が立っていた地面を、一切（いっさい）の抵抗なく真っ二つに両断した。

その光景を前に、俺は思わず苦笑いを浮かべる。

「やはり、【次元断絶（じげんだんぜつ）】は使えるみたいだな」

オルトラムは強化状態の時、自分の魔力に断絶の属性を付与することができる。

そうして使用可能となるのが、この固有能力――【次元断絶（じげんだんぜつ）】。

断絶の斬撃によって一切合切（いっさいがっさい）を無条件に両断するという、文字通りの必殺技だ。

まともに攻撃を浴びれば、俺ですら一撃で殺されてしまうだろう。

とはいえ、決して対応策がないわけではない。

『ガァァァァ！』

「【魔術反射（アンチ・マジック）】」

『ガルゥ⁉』

俺が【魔術反射（アンチ・マジック）】を発動した瞬間、白銀の斬撃が跳ね返される。

斬撃はそのままオルトラムの胴体に命中し、硬質な鱗に大きな切り傷を生み出した。

「ふむ、予想通り【魔術反射（アンチ・マジック）】はオルトラムの魔力にも有効みたいだな。全身が断絶の魔力（オーラ）

で包まれているせいか、ダメージ自体はそこまで与えられないみたいだが……」

何はともあれ、次元断絶を防ぐ手段は得た。

残された問題は、どうやってトドメを与えるかだが……

「ただ斬撃を返しただけじゃ決め手にかける。何か、もっといい作戦はないか――」

それからしばらく、俺はオルトラムと互角の攻防を繰り広げながら打開策を考え続けた。

その途中、ある作戦が脳内に浮かび上がる。


（リスクは高いが……現状を打破できるとすればこれしかない！）


方針を決めた俺は、まず、オルトラムの魔力を反射することを止めた。

俺の固有魔術である【魔術反射(アンチ・マジック)】。

その能力は、敵の魔術を吸収し自分の魔力に変換したうえで跳ね返すというもの――なのだが、実は少し工夫することで、跳ね返す前の魔力を蓄えることも可能だったりする。

つまり、俺の狙いは相殺(そうさい)しきれないほどの魔力を集めてから解き放つこと。

それなら一撃でオルトラムを消滅させることも可能だろう。

ただしこの作戦には一つだけ大きな欠陥が存在する。

一発や二発分くらいならともかく、数十発分の魔力を俺の体内に留(とど)めておくことはできないのだ。準備が整うより先に、俺の身体が断絶の効果によって消滅してしまう。

この作戦を成功させるためには、魔力を留めておくための媒体が必要となるわけだが――

俺はちらりと、手に握る【錆びついた剣】に視線をやった。

「どういう原理かは分からないが、ここまで全く壊れる気配のないお前のポテンシャルにかけるぞ！」

そう告げるとともに、俺は吸収した魔力を全て【錆びついた剣】に注いでいく。

すると見事、剣は壊れることなく数十発分の魔力を蓄えてしまった。

「……マジか。物は試しといった感じだったんだが、まさか本当にうまくいくとは……」

この作戦が失敗すれば撤退も考えていたが、こうなった以上話は別だ。

俺は改めて、しっかりとオルトラムを見据える。

「そろそろ終わりにさせてもらうぞ、オルトラム」

『ツ、ガァァァァアアアアアアアアア！』

白銀の魔力を纏う【錆びついた剣】を高く掲げると、オルトラムは警戒したように雄叫びを上げる。

それと同時に、突如としてオルトラムの背後に巨大な漆黒の門が出現した。

（おおっ、ゲームにはなかった演出だ！）

まさかの展開に、ちょっぴりワクワクしてしまう。

だが、そんな感想を抱けるのも一瞬だけ。
オルトラムは残された力を全て使い果たすようにして、巨大な次元断絶を放ってきた。
俺はそれを真正面から迎え撃つ。
そして、破壊の魔力が蓄えられた【錆びついた剣】を力強く振り下ろした。

「喰(く)らえ――【次元破砕(ディメンション・デストラクション)】！」

眩(まばゆ)い白銀の光が、錆びついた刀身から勢いよく解き放たれる。
光はオルトラムの全身を呑(の)み込(こ)み、瞬く間にその巨軀を消滅させた。
そして――

「この地で最も凶悪な存在を召喚し、王都を破壊する……だと？」
突如として目の前に現れた四天王【異界のゲートリンク】。
そんな彼が発した言葉を、エレノアが復唱する。
するとゲートリンクはコクリと頷(うなず)いた。

「その通りだ。これから召喚する存在は、そこに転がった醜い豚などとは比べ物にならない力を有している。既に力を使い果たした貴様たちでは——否、万全の状態であっても抵抗することはできんだろう」

「っ！」

それが事実であると、エレノアは直感的に理解した。

漂う魔力の邪悪さから、ゲートリンクがブラゼク以上の実力者なのは間違いない。

それも四天王を名乗るからには、王国騎士団が総出でかかっても討伐できるかどうかのレベルだろう。

そこにさらなる戦力が加わるとなれば、こちら側の敗北は必至。

「そんな……」

「冗談でしょ？」

そう思ったのはエレノアだけでなく、ソフィアやクロエも同様だった。

絶望する彼女たちの前で、ゲートリンクは楽しげに漆黒の悪意を操（あやつ）る。

「では、そろそろ【門（ゲート）】を開くとしようか……なっ、これは！」

ゲートリンクが突如として、何かに驚いたような反応を見せる。

その後、彼は高らかに笑い声を上げた。

「ふはは！　なんだこの魔力は！　まさかこの地にこれほどの存在が眠っていたとは……！

この魔力量は俺をも超え……いや、それどころか魔王様にすら匹敵するかもしれん！」

「「「なっ⁉」」」

魔王に匹敵するなどという、とんでもない発言。

しかしゲートリンクの態度からして、とてもそれが嘘だとは思えなかった。

そうこうしている間にも、漆黒の魔力は巨大なゲートへと姿を変えていく。

その圧倒的なオーラを浴び、普段は魔力と縁遠い生活を送っている平民たちすら恐怖に震え始めた。

「なんだよ、この禍々しい感じ……」

「あそこから、俺たちを殺す存在が現れるってか⁉」

「そんなの嫌よ！　誰か、私たちを助けて！」

心の底から助けを求める言葉の数々。

しかし、それらはゲートリンクにとっては歓喜の材料でしかない。

「残念だがもう遅い。既に【門】は繋がれた」

巨大な漆黒の門を背に、ゲートリンクは大きく両腕を上げる。

それはゲートを開く合図でもあった。

「くっ、もうどうしようもないのか……」

「これだけのオーラ。宝剣に最大まで魔力を溜めても、抗えるかどうか分かりません」

「こんな怪物が、この世に存在するなんて……っ！」

「…………」

現実を悟り、弱音を吐くエレノア、ソフィア、クロエの三人。

その中で唯一、マリーだけは無表情で敵を見つめていた。

エレノアたちの反応を見て、ゲートリンクは満足げな表情を浮かべる。

「いいぞ、素晴らしい絶望の色だ。その色をこれから、さらに濃く染めてやろう！」

そんな前置きの後、とうとうゲートリンクは告げる。

この地で最も凶悪な存在を召喚し、使役するための呪文(じゅもん)を。

そして、この国全てを破壊するための意思(ことば)を！

「さあ来たれ、愚かなる者たちに絶望をもたらす破壊の化身よ！　我の願いに応え、その力を振るいたまえ――」

「――【次元破砕(ディメンション・デストラクション)】！」

「……へ？　ぐわぁぁぁぁぁぁあああああああああああああ！！！！」

――それは、衝撃的な光景だった。

ゲートリンクの叫びとともにゲートから飛び出してきたのは、なんと魔物などではなく、眩い白銀の光だった。

その光はあろうことか、召喚者であるゲートリンク本人の体を一瞬で呑み込んでしまう。

さらに光には破壊の属性でも含まれていたのか、ゲートリンクの強靭な肉体を恐ろしい速度で消し去っていった。

「なんだ、これはぁぁぁぁぁ!?!?!?」

ゲートリンクは必死に抵抗しようとするも、現実は残酷だった。

消滅は止まらず、どんどん進行していく。

そして、

「ふ、ふふふふざけるなぁ！　こんな、こんなわけの分からない流れで四天王の俺がやられるなどぉぉぉぉぉおおおおお！」

ゲートリンクは最後にそんな断末魔の声を残し、完全に消滅するのだった。


「「「…………（ぽかーん）」」」

呆然とした表情を浮かべるエレノアたち。

その中で唯一、マリーだけは笑みを浮かべ、

「やはり、ご主人様はこの世界で最も偉大なお方です」

迷いのない声でそう告げた。

かくして、四天王襲撃という今世紀最大の事件は、見事に解決したのだった――

ゲートリンク消滅後。しばらくの間、王都は沈黙に包まれていた。

いったい今の光は何だったのか。

本当にゲートリンクは消滅したのか。

ありとあらゆる可能性を考えた末に、エレノアはふとマリーに視線を向ける。

彼女がつい先ほど、気になることを口にしていたからだ。

「マリーくん、君はあの光に心当たりがあるようだったが……」

「はい。まず間違いなく、私のご主人様――クラウス様によるものでしょう」

「クラウスくんだと？」

「クラウス様が⁉」

まさかの名前に、エレノアとソフィアは大きく目を見開いた。

「なるほど、そうか。確かにクラウスくんであれば、あれだけの力を持っているのも納得できる」

「遠く離れたところから、私たちを守ってくださったのですね」

空を見上げ、その少年に思いをはせる二人。

なお、この中で唯一クラウスの名前を知らないクロエはというと――

（ふ～ん、クラウスって名前のすごい人がいるのね。まっ、アンナを助けてくれたあの人には敵わないけど！）

なぜか得意げな表情を浮かべながら、その恩人を思い浮かべていた。

その二人が同一人物であると、クロエは全く気付いていないのである。

切り替えて、クロエはエレノアに告げる。

「まっ、いいわ。とにかくこれで危機は去ったのよね？　アタシは疲れたし先に帰らせてもらうわ。アンナとも合流しなくちゃだしね」

「いいのか？　協力してくれたことを報告すれば褒美をもらえると思うが」

「そういうのには興味がないの。じゃっ、機会があればまた会いましょ！」

そう言い残し、颯爽と立ち去るクロエ。

そんな彼女を、エレノアは正義感に満ちた素晴らしい人物だったなと思いながら見送る。

ちなみに、そんなエレノアの背後では――

「ところでソフィア様。ご主人様の名前を知っているということで、その指輪について少々お伺いしたいのですが」

「え、えっと、マリーさんでしたか？　何やら雰囲気が先ほどまでと違うように感じるのですが……」

マリーが静かな笑みを浮かべながら、徐々にソフィアへと詰め寄っていた。

その様子に戸惑うソフィア。威圧感に押され、とうとう彼女が経緯を話そうとしたその時だった。


「おい！　これはいったいどういう状況だ⁉」

焦燥感に満ちた重々しい声が、辺り一帯に響き渡る。

全員が一斉に視線を向けると、そこには大勢の騎士を引き連れたアルデンの姿があった。

「っ！　ソフィア、なぜお前がここにいる⁉　それも宝剣を持って！」

アルデンはソフィアを見つけると、青ざめた顔で駆け寄ってくる。

そんな父に対し、ソフィアは堂々と答えた。

「もちろん、今回の元凶を倒すためです」

「無謀な！　魔王軍幹部クラスの魔力反応だったのだぞ⁉」

「実際には、幹部は幹部でも四天王だったようですが」

「なっ！」

四天王というワードを聞き、言葉を失うアルデン。

そんなアルデンに対して、隣からエレノアが姿を現す。

「失礼いたします、陛下。私から事情を説明させてください」

「……エレノアか。うむ、それでは頼む」

エレノアは全ての経緯を話した。

まず、町の中心では四天王ゲートリンクから力を借りたブラゼクが暴れており、それをエレノアたち四人で制圧。

その後、現れたゲートリンクがブラゼクの集めた悪意を使って、王都を破壊する存在を召喚するつもりだったと。

「王都を破壊だと⁉　今すぐソイツを討伐せねば――」

「問題ありません、既に討伐を終えた後です――クラウスくんの手によって」

「なんだとっ⁉」

既に事態が解決していると聞き、目を丸くするアルデン。

それも、倒したのはクラウス・レンフォードだという。

クラウスが魔王軍幹部を単独で討伐できる実力者だとは分かっていたが、まさか四天王をも上回るとは思っていなかった。

驚愕と興奮によって、アルデンの身がぶるりと震える。

「して、そのレンフォードは今どこに？」

「遠距離から魔力砲撃を放ったようなので、近いうちに戻ってくることでしょう」

「……そうか。まさかレンフォードが、これほどの英雄であったとは」

感心したように呟（つぶや）くアルデン。

ふと、そのタイミングでソフィアとエレノアの体が崩れ落ちる。

「っ、大量の魔力を行使した影響でしょうか」

「こちらも、最終奥義を放った反動だな」

「うむ。二人は先に戻り休憩するがよい。今回の一件についてはまた後で改めて話すとしよう。二人とも、本当によくやってくれた」

頷き、二人は重い体を引きずるようにしてこの場を後にする。

「この様子だと、疲労が癒（い）えるまでに数日はかかってしまいそうですね」

「確かにな……そうだ、それならこのままアカデミーに寄らないか？　あそこなら打って付けの休養施設がある」

そんな会話をしながら立ち去る二人を見届けたアルデンは、おもむろに口を開いた。

「さて。恥ずかしながら遅れてやってきた私たちだが、それでもまだできることは残されている」

アルデンはバッと振り返ると、状況を見守る国民たちに向けて盛大に告げる。

「この地を襲った魔王軍四天王は、レンフォード子爵家当主クラウス・レンフォードの手によって打ち取られた！　これよりそれを祝う宴を開催する！　皆の者、英雄の帰還に備えよ！」

「「「うおおおおおぉぉぉぉぉぉ！！！」」」

アルデンの言葉を聞いた国民たちは、一斉に喜びの雄叫びを上げるのだった。

エピローグ

オルトラム討伐後、俺はゆったりと王都に向けて歩いていた。

その途中、魔力放射の際に錆が取れてピカピカになった剣を空に掲げる。

「錆が取れたら、一気にそれっぽい見た目の剣になったな。それにしてもこの形、どこかで見た覚えがあるんだが……」

具体的にはゲームの魔王戦にて、魔王が持っていた武器の一つに似ている気がする。

まあ、そんな武器が無造作に武具店で売られているわけがないし、気のせいだとは思うけど。

「それより、今日はオルトラムを討伐できて満足だ。この調子で次は、ラスボスを超えられるくらい強くなってやるぞ！」

新たな決意とともに、俺は意気揚々と王都に帰還する。

しかし城門の前にまでやってきたタイミングで、ふと違和感を覚えた。

「なんだ、城門の中がやけに騒がしいぞ。祭りでもやってるのか？」

今日、祭りがあるだなんて話は聞いてないんだが……

これがレンフォード領なら、また難癖付けられて称賛されるところだが、ここは王都。

さすがにそんな状況にはならないだろう。

そんな確信とともに、俺は城門を越えて王都に入る。

その直後だった、

「「「英雄よ、お待ちしておりました！」」」


視界を覆いつくすほどの大量の国民から、俺は盛大に迎え入れられた。

「…………は？」

突然のことに、頭が真っ白になる俺。

そんな俺の前に、バッとマリーが現れる。

「おかえりなさいませ、ご主人様」

「マ、マリー、これはいったい……？」

「ご主人様も既にご存じのように、王都を襲撃してきた魔王軍四天王を討伐した英雄をお待ちしていたのです」

「四天王を討伐？　誰が？」

「もちろん、ご主人様でございます」

「……は？」

困惑する俺に、マリーは事情を説明する。

ブラゼクの暴走を通りすがりの少女三人と共に防いだ後、四天王ゲートリンクが現れたと。

ってか、ゲートリンクって、ゲームじゃ主人公たちが総出で倒したボスじゃねぇか！

色んな魔物を次々と召喚するから、時間が取られて面倒なボスだったことを思い出し、思わず顔をしかめてしまう。

そんな俺を気にすることなく、マリーは説明を続けた。

「その後の流れはご主人様も知っての通りです。ゲートリンクが開いた門の先からご主人様が放たれた魔力砲撃によって、見事討伐に成功しました」

待て待て、全然心当たりがないんだが……あっ！

ここで俺は、オルトラムと戦闘時の一幕を思い出した。

確かに最後の一撃を放つ前、奴の後ろに漆黒の門が出現していた。

どうやらアレはオルトラムではなく、ゲートリンクの固有魔術だったようだ。

(そういや、ゲームでもあんなのを見た覚えがあるかも……って、今はそんなことどうでもよくて！　まずいぞ。どっからどう考えてもこの流れはまずい！)

レンフォード領にて死ぬほど経験した展開に、俺は冷や汗を流し始めた。

しかしそのタイミングで、最悪の人物——アルデンが俺の前にやってくる。

「よくやった、レンフォードよ！　前回に続き二人目の幹部討伐、しかも今回は四天王ときた！　その栄誉をここに称えよう！」

「………………」

「まずは例の件について。判断を迷っていたが、全面的にお主の申し出を受け入れることをここに約束しよう！」

例の件とは、俺が言った『私は、この国で最も広大な領土を求めます』についてだろう。

えっ、王都をもらえるの？　的なツッコミをする余裕すら出てこない。

その証拠に、本番はここからだった。

「さらに度重なる功績を称え、この場にてレンフォード子爵に新たなる爵位を与える！」

「……へ？」

「これより、レンフォード家は子爵家から伯爵家となる！　皆の者、今後は決して呼び方を間違えるでないぞ！」

そのアルデンの言葉に、一斉に観衆が盛り上がる。

それどころか、さっそく「レンフォード伯爵ー！」と叫ぶ者も大勢いるくらいだ。

待て、待ってくれ。

こんなこと、俺は全く望んじゃいない。

取り返しがつかなくなる前に断らないと……

「悪いが、陞爵は断らせてもら――」

だが、その続きを言うことはできなかった。
国民の歓声が、あっという間に俺の声をかき消してしまったからだ。

「「「伯爵！　伯爵！　伯爵！　伯爵！」」」

王都全体が一丸となって、伯爵コールをし始める。
それを聞きながら、俺は歯をギリギリと噛み締めた。

くそっ、くそっ、くそっ！
王都に来てからの俺がいったい何をしたって言うんだ！
ちょっと通りすがりの貴族をボコボコにして剣術を試したり！
国王相手に反意をアピールしてみたり！
王女を城から誘拐してダンジョンで死ぬような目に遭わせただけなのに！

何でこうなったぁぁぁぁあああああ！！！

俺は歓声の中で、シクシクと涙を流すのだった。

エピローグ2　ヒロインSide

――クラウスが王都に帰還し、国民たちから称賛されている一方。


王立アカデミーの休養施設、『癒やしの浴場』。

そこは、特殊な魔力を含有したお湯に浸かることで体力と魔力の回復効率が上がるため、『アルテナ・ファンタジア』では主人公たちのＨＰとＭＰを全回復させるために使用されていた場所だ。

同時にゲーム内で様々なイベントが発生し、ヒロインたちのアレやコレやといったイベントスチルが見られる聖地でもある。

ちなみにファンの間では、張り切りすぎとも言えるサービス精神旺盛なイベント内容の数々から、通称『卑しの欲情』とも呼ばれていたりするのだが――それはさておき。

そこには現在、ある４人の少女の姿があった。

「初めて足を踏み入れました。ここがアカデミーで有名な『癒やしの浴場』なのですね。ん、確かに優しい魔力が体中に満ちていくようです」

一人目はソフィア・フォン・ソルスティア。

湯けむりの中で、白磁のような肌が輝いている。

白銀の長髪を優雅に結い上げ、王女らしい気品を漂わせていた。

「うん。やはり何度利用しても、ここは居心地がいいな」

二人目はエレノア・コバルトリーフ。

浴槽の縁に腰かけ、しなやかな足を湯に浸している。

水滴が青い髪を伝い落ち、普段の凛々(りり)しさに艶やかさが加わっていた。

「ほ、本当にいいのかな、私たちまでお邪魔しちゃって。クロエと違って、私は戦いに参加したわけでもないし……」

「いいのよ、アンナ。せっかくの機会なんだもの、堪能(たんのう)しちゃいましょう！」

三人目と四人目は、アリアンナとクロエ・ローズミスト。

アリアンナは男女問わず目を引くであろう豊満な胸を腕で支えつつ、ボリュームのある亜麻色の長髪を湖面に浮かし、戸惑いの表情を浮かべていた。

そんなアリアンナに対し、日々の運動により引き締まったスタイルを誇り、黒色のポニーテールを揺らすクロエが笑顔で告げる。

ちなみになぜこのような状況になっているかというと、数十分前まで遡(さかのぼ)る。

ブラゼク戦で蓄積した疲労を取るため『癒やしの浴場』に向かっていたソフィアとエレノア

だったが、その途中でアリアンナと無事に合流したクロエに遭遇。

今回の戦いに勝てたのは彼女の貢献あってこそなのは間違いなく、せっかくなので一緒に来ないかと誘ってみたのだ。

すぐに頷いたクロエに対し、アリアンナはここまで来ても少しだけ抵抗感がある様子。

エレノアは微笑むと、アリアンナに向かって語りかけた。

「クロエくんの言う通りだ。先ほど職員に使用許可を取った際も、事情を話せば快く受け入れてもらえたし気にせず寛いでくれ。それに私は、君に一つ謝罪しなければならないと思っていたからな」

「し、謝罪ですか？」

心当たりがなく戸惑うアリアンナに、エレノアは頷く。

「2日前、君がブラゼク伯爵に絡まれていた時のことだ。実はあの時、私はあの場にいたんだ。本当は私が助けに入ってやればよかったのだが、騒動に気付くのが遅れ、到着も遅くなってしまった。そのため長い時間、君を怖い目に遭わせてしまった……本当に申し訳ない」

深く頭を下げるエレノア。

アリアンナは慌てて、両手を左右に振った。

「そ、そんな、頭を上げてください！　エレノア様は何も悪くありません！」

「アンナの言う通りよ。悪いのは全部あのロリコン野郎なんだから、エレノアが気を病む必要なんてないわ……それにね、アンナ」

「うん、クロエ」

突然、クロエとアリアンナは顔を見合わせコクリと頷く。

かと思えば、どこか恍惚（こうこつ）とした表情で口を開いた。

「こう言っては何ですが……そのおかげで得られた出会いもありましたから」

「ええ！　彼の戦いっぷりは本当に素晴らしかったわ！」

「彼……？　ああ、なるほど」

あの場にいたエレノアは、二人が言っている人物がクラウスのことだと一瞬で把握した。

自分や、自分の親友を助けてくれた彼に、二人が尊敬の念を抱くのは当然だろう。

しかしそれは、エレノアにとっても同じことだった。

エレノア自身が直接クラウスに助けられたわけではないが、あの日の戦いで見た彼の剣技が、
今日のブラゼク戦でエレノアを救ってくれたからだ。

そのためエレノアは、二人に同意するように口を開く。

「クラウスくんがいなければ、今日の（ブラゼクとの）戦いには勝てなかった。彼には本当に、
心から感謝してもしたりないな」

だが、肝心のクロエたちはというと、

「クラウス……（って、確か最後にゲートなんちゃらを倒した人のことよね？　今の話の流れ

で、何でいきなりその人のことになるのかしら？　まあ、その人に助けられたの自体は事実だし……）ええ、もちろん感謝してるわ！（あの人ほどじゃないけど！）」

「クラウス……（って、いったい誰のことだろう？　よく分からないけどクロエが同意してるってことは、さっきの戦いの関係者かな？　ここはとりあえず話を合わせて……）はい！」

二人の中に、恩人＝クラウスであるという事実は浸透していなかった。

そのため、エレノアが話しているのがブラゼク戦であるのに対し、クロエはそれがゲートリンク戦のことだと勘違いしながら話が進んでいく。

すれ違いながらも奇跡的にお互いが納得し、ひとまずの意味が通じてしまったのである。

その直後ふと、エレノアは隣にいるもう一人の存在に気が付く。

そこにいた彼女――ソフィアはというと、

「うふ、うふふふふ……」

「ソ、ソフィア？」

湯に浸かりつつ、恍惚の表情で自身の左手薬指――もっというと、そこに嵌められた指輪を幸せそうに眺めていた。

そこでエレノアは、もう一つ重要な議題があったことを思い出す。

「そうだソフィア！　先ほどは聞き漏らしたが、結局その指輪はなんなんだ⁉　婚約者も決まっていない未婚の王女ともあろう君が、いったい何を身に着けている！」

だが、ソフィアは動じない。

手を頬に当て、余裕のある態度でエレノアを一瞥する。

「仕方ないでしょう？　こちらは私と未来の旦那さ……ごほん、クラウス様との愛の証なのです。一時たりとも外すことはできません」

「そんなことは聞いていない！　相手は誰なのか、どんな経緯で着けることになったのかを訊いているんだ！　そもそも国王陛下はこのことをご承知なのか⁉」

「それはまだですが、明日にでもお伝えするつもりです。あっ、ご安心ください。正式に全てが決まった際には、親友であるエレノアにまず初めに報告いたしますからね」

「…………」

エレノアは呆気に取られていた。

彼女の知っているソフィアは常に気高く、いずれ訪れる魔王との戦いのため剣と魔法の修練を欠かさない、志を同じくする戦士だった。

しかしそれが、今となってはどうだ。周囲を全て傷付けんばかりの鋭さは鳴りを潜め、素性も分からぬ誰かに恋焦がれているほどの腑抜け具合。

この様子だと、ソフィアの成長は伸び悩んでしまうに違いな――

（……いや、そうとも限らないのか？　今日のソフィアは間違いなく、これまでの彼女以上の強さを発揮していた。それがもし、この指輪と態度が影響しているとしたら……）

どこかで聞いたことがある。

恋愛は女を強くする、と。

剣のみに生きてきたエレノアにとって、それは眉をひそめてしまうような格言だったが……

ソフィアの様子を見ていると、それも嘘ではないのかと思えてくる。

（私がこれ以上の強さを得るには恋愛が必要なのか……？　いやいや、馬鹿げている。それにそもそも、私にそんな相手などいな――）

そんな折、ふと頭をよぎったのは灰色の髪を持つ少年――クラウスだった。

コバルトリーフ流剣術で戦う彼の姿が、彼女の脳裏に焼き付いて離れない。

あの立ち姿、振る舞いは、まさにエレノアにとっては理想とするところであり――

（いやいやいやいやいや、何を考えているんだ私は！　ソフィアに影響されて、変なことを考えるのは止めるんだ！）

心の中ではそう叫びながらも、顔が赤くなっているのをエレノアは実感していた。

（むぅ……これでは、ソフィアのことを馬鹿にはできないな）

誰かに見られていないかと周囲を見渡す。

しかしソフィアは既に指輪へと視線を戻しており、クロエとアリアンナはあの時の彼（なぜクラウスの名前を出さないのかは不明だが）について熱心に語り合っていた。

「やはり、あのお方に出会えたのは運命だったのでしょう」

「私が、クラウスくんのことを……？　いやいや、まさか……」

「何としてでもあの人を見つけるのよ、アリアンナ！」

「うん。今度こそちゃんと、お礼をしなくちゃね」


様々なすれ違いがあるにせよ、今、この場にいる誰もがクラウスに思いをはせている。

そんな彼女たちは、やがて彼を巡って様々な事件（イベント）を引き起こすことになるのだが――

それはもう少しだけ、先の話である。

ファンレター、作品の
ご感想をお待ちしています

〈あて先〉

〒105-0001
東京都港区虎ノ門2-2-1
SBクリエイティブ（株）
GA文庫編集部 気付

「八又ナガト先生」係
「もきゅ先生」係

本書に関するご意見・ご感想は
右のQRコードよりお寄せください。

※アクセスの際や登録時に発生する通信費等はご負担ください。

https://ga.sbcr.jp/

ゲーム世界のモブ悪役に転生したので ラスボスを目指してみた
〜なぜか歴代最高の名君と崇められているんですが、誰か理由を教えてください！〜

発　行　2024年12月31日　初版第一刷発行

著　者　ハ又ナガト
発行者　出井貴完

発行所　SBクリエイティブ株式会社
〒105-0001
東京都港区虎ノ門2-2-1

装　丁　BELL'S GRAPHICS（内藤信吾）

印刷・製本　中央精版印刷株式会社

ISBN978-4-8156-2556-6

Printed in Japan　GA 文庫